熟れごろ人妻 旬の味

桜井真琴

双葉文庫

目次

熟れごろ人妻　旬の味

第一章　夏祭りに浴衣の人妻と

1

「ああんっ……！」

窓から差し込む爽《さわ》やかな朝日を浴びながら、岡野恭介《おかのきようすけ》はパソコンでエロ動画を見て、溜《た》まった欲望を処理していた。

五十回は抜いたであろう、自分の中ではテッパンの熟女ものである。

「ああっ……ああんっ、いい、いいわっ……」

イヤホンから音が漏れていないか心配になり、一瞬外してからまた耳につける。

年老いた父親は最近耳が遠くなったせいで、二階にいる息子の生活音なんか聞こえないだろうが、念のためだ。

画面では、お気に入りの女優が喘《あえ》ぎまくっている。

ＡＶ女優や風俗嬢の年齢なんて、あってないようなものだろうけど、公称三十五歳、納得の色気とほどよく熟《う》れた裸体だ。年を取っても可愛《かわい》いままでいる往年のアイドルのような雰囲気がある。

恭介は三十を過ぎた頃から、性に関する嗜好《しこう》がちょっと変わってきた。

昔は若くてピチピチの女優ＡＶばかり見ていたが、今はやはり熟女ものだ。三十路《みそじ》を越えた女の匂い立つような色気や、包容力《ほうようりょく》がたまらない。

（それにしても、似てるよな）

画面の中の女優を見ながら思い出す。

恭介が勤める寿司屋のパート主婦、紺野《こんの》千鶴《ちづる》のことだ。

目元と雰囲気がこのＡＶ女優にそっくりなのだ。

（千鶴さん……あの人いいよなあ、色気があって……）

その千鶴に似ている女優が画面の向こうで、

「あぁんっ、イク……イキますっ……」

と、泣き顔を披露《ひろう》して痙攣《けいれん》している。

いつものヌキどころだ。恭介は勢いよく亀頭をこすって、射精を迎えた。

ところがだ。

（あ、あれ……？）

いつもの絶頂感がなくてすっきりしない。なんだか、もやもやした。

ティッシュには白濁がついているが、量はわずかだった。

（なんか、すげえ中途半端な射精だったな……）

ティッシュを丸めてゴミ箱に捨て、恭介は大きくため息をついた。

どうもこのところ元気がない。地元の浜松《はままつ》に戻ってきてから、ずっとこんな感じである。

三十六歳、独身。カノジョなしで朝からオナニー。

寂《さび》しい現実だ。

（あーあ、あのまま結婚してたらなあ）

順調だったら、東京で付き合っていた八つ年下の可愛い彼女と結婚して、ふたりで幸せな新婚生活を送っていたはずである。

だが、今となってはもう遅い。

決めたのは自分なのだ。

一階に降りていくと、親父が居間のソファに座って新聞を読んでいた。

見てもいないのにテレビがついている。

「おーい、見てないなら消すよ」

リモコンを取って、電源ボタンを押そうとしたら、親父がチラッとだけ眼鏡《めがね》の奥の目をこちらに向けた。

「いんや、見てる」

「ウソつけ」

リモコンでテレビの電源を落としても、親父は何も言わなかった。

「今日、確か検診だったよな、親父」

「おう」

と言ったきり親父は押し黙った。

（こりゃあ、行かない気だな……）

直感でわかった。

このところ、少しばかり体調がいいのだろう。それを理由に行かないつもりなのだ。

六十五歳で医者嫌いってのは困りものである。しかも肝臓《かんぞう》が悪いくせに、夜中にこっそり家を抜け出して飲みに行ったりするのだ。

「……どうも怪しいな。医者が言ってただろう、肝臓はホント気をつけないとまずいって。行けよ、マジで」

一応心配して言うと、親父は「わかってる、何度も言うな」と不機嫌そうな顔をこちらに向けてきた。

(まったく……春先に「俺はもうだめだ」なんて言ってた人間とは思えんな)

親父が倒れたとの連絡がきたのは、三ヶ月前、三月のことだった。

「やっぱりか」と、そのとき思った。

というのも、おふくろを五年前に亡くしてから、食生活が乱れて顔色も良くないと、名古屋《なごや》に住む叔母《おば》さんから聞いていたので、ひとり息子としては気になっていたのだ。

病院に運び込まれた後、電話が通じるからと親父にかけてみると、

「……俺はもうだめだ。長くないらしい……」

電話口から聞こえてきた親父の声は、いつになく弱々しかった。

「は？」

訊けば、病院での検査結果がかなり悪かったらしい。

「マジかよ……」

思わず口に出してしまった。親父は電話口でため息をついた。

「これまで好きなもん食ったり飲んだりしてきたからな、仕方がない。心残りがあるとすれば、あとひとり、いい女を抱きたかったってことくらいか」

「そういうのは八十を過ぎてから言え。つーか、まだ女を抱きたいとか言ってんのかよ」

「母さんはいい女だった……夜もな……」

「そういう生々しいことを、息子に言うんじゃねえ」

　という会話を交わし、一晩考えた末に実家の浜松に戻ることにした。

　親父は浜松から出ないと頑《かたく》なだったし、名古屋の親戚の世話になることもいやがっていた。

　自分が戻るしかないか、と思い、彼女に事情を説明して、一緒に浜松に行ってほしいと告げた。

　ところがだ。

「いやよ」

　と、彼女に一蹴された。

「恭ちゃん、ひとりっ子だけど、親には好きなところに住んでいいって言われたって……そう言ってたくせに」

「そのつもりだったんだけど、親父がヤバイんだ」

何度説得しても彼女はうんと言わなかった。

悩んだ末に彼女とは別れてしまい、勤めていた都内の寿司屋も辞めて、浜松に戻ることにしたのである。

だが実家に帰ってみると、やけに血色のいい親父が家にいるではないか。

いつから入院するんだと尋ねると、

「ああ……入院しなくてもよくなった。クスリでなんとかなるってよ。あの藪医《やぶい》者《しゃ》、死ぬかもなんて脅しやがって、はっはっはっ」

と、豪快に笑った親父を見て、軽く殺意が湧《わ》いた。

2

雲ひとつない青空だった。

目に沁《し》みるというか、抜けるような青さである。もう初夏だ。

浜松の空は今日も澄《す》んでいる。地元の空気ってこんなだったなあと懐《なつ》かしさがこみ上げてきた。

（さぁてと……仕込みに入るか）

恭介はコーヒーの空き缶をゴミ箱に捨ててから、白衣と和帽子《わぼうし》の服装で店の裏手から厨房《ちゆうぼう》に戻る。

『あら浜魚一《はまうおいち》』は、恭介が子どもの頃から営業している寿司屋だ。

わりとリーズナブルな価格で地元民に親しまれている店である。

商店街の一角にあり、実家の近所でもあったので、恭介は子どもの頃から家族でよく食べに来ていたのだが、まさか大人になって、その店で働くことになるとは思ってもみなかった。

「おぉい、恭介。先に平目《ひらめ》をさばいてくれ」

店の大将であり板長の梶良太郎《かじりようたろう》が、いかつい顔で昼の仕込みをしながら、こちらを見ずに言った。

「あ、はい」

言いながら、恭介は梶の手元を凝視《ぎようし》した。

鰻《うなぎ》の骨を切るあざやかな手さばきに、目を奪われる。

まっすぐに伸ばした背筋から緊張感が漂《ただよ》ってくる。板前をしながら店を切り盛りしている梶は、子どもの頃は怖いオヤジさんだなと思っていたのだが、こうして同じ板前になってみると、職人気質《かたぎ》のその仕事っぷりに惚《ほ》れ惚《ぼ》れする。

仕事には不満はない。

不満はないものの、だ。

東京の生活に慣れてしまうと、浜松の田舎《いなか》では少しもの足りなく感じるのだ。

のんびりしているし、知り合いもいるし、空気もいいし……いいところもたくさんあるのだが、都会の雑多な雰囲気や目新しさが恋しくなる。

(東京が懐かしいなぁ)

平目をまな板に載せながら、ため息をついたときだ。

「おはようございます。どうしたのかしら、恭介くん、朝からため息なんて」

パートの人妻、紺野千鶴がやってきて恭介はハッとした。

思わず顔が赤くなる。

朝っぱらから激似のAV女優で一発ヌイてきたものだから、罪悪感とともに生々しいエロさが蘇《よみがえ》ってきて、急にドキドキしてしまう。

「い、いや、別に……どうやってさばこうかなって」

「あら、そうなの。ため息が出るほど、イキのいいのが入ったのね」

千鶴が優しく微笑《ほほえ》んだ。

「そ、そうすね」

いかん。

恥ずかしさで顔が赤くなったのがわかった。

（前から、いいなとは思っていたけど、今朝はいつも以上に意識しちゃうな）

ついついエプロン姿の千鶴を目で追ってしまう。

化粧気はまるでなく、着ている服も白いブラウスに膝丈《ひざたけ》スカートという地味な格好である。

四十歳という年齢もあってか、自分のことを「おばさん」と卑下《ひげ》している。

だが……。

（見た目は地味なのに、いい女なんだよなあ……）

肩までの黒髪はさらさらとして艶《つや》めき、目尻が少し垂《た》れた優しげな目が魅力的な和風美人である。

小学生の子どもがいるので、優しそうなお母さんと言われればそう見えるが、左目の下にある泣きぼくろがムンムンとした人妻の色香を匂い立たせるのだ。

（地元にも、こんな色っぽい人妻がいたなんてなあ……）

しかも、である。

ブラウスの胸の丸みや、スカートを盛り上げるヒップのたっぷりした量感が、かなりいやらしい。ムチムチしているが、太っているわけではない。

（あの無防備さがヤバいんだよな、千鶴さんって……）

ブラウスの背に、ブラのホックが透《す》けて見えている。

それだけじゃない。

屈んだときに見せるスカートの尻のデカさ、さらにそこに浮かび上がるパンティラインは目の毒だ。

だめだ。

千鶴の姿がちらついて集中できない。

「てめえ、何ぼさっとしてんだ。さっさとそいつをさばいて、終わったら裏からアワビのいいのを持ってこい」

大将に怒鳴られて、慌てて平目をさばく。

千鶴がクスクス笑っている。

笑顔が可愛いのも魅力だった。

（いかんいかん、真面目にやらないとな……入ったばかりなんだから……）

板前歴は十年だが、この店ではまだ新人である。

平目をさばき終え、アワビを取りにいこうと急いで店の裏手に向かう。

すると調理用の白衣を着た男ふたりが、裏口のガラス戸にぴたりと貼りついて、何やら外を覗《のぞ》いていた。

見習いの秋生《あきお》と賢斗《けんと》である。

なんだろうと近づくと、

「すげえな……」

「ああ、あのエロさはたまんねえよ。しかし四十には見えねえよな。俺のおふくろと同世代だぜ」

「母親のパンツなんか見たくもねえけど、千鶴さんのならな。へへっ、余裕でヌケるぜ。つーか、お願いしてぇ」

「おおっ、足がさらに開いた。違うアワビまで見えそうだ」

ふたりがイヒヒと下世話に笑っている。

(千鶴さん?)

声をかける前に、ふたりの後ろでそっと外を覗《のぞ》いてみた。

(あっ!)

千鶴がしゃがんで魚を入れておくプラスティック容器をタワシで洗っていたのだが、無防備に膝を開いていたので千鶴の太ももが見えていた。

脚をM字にしてしゃがんでいるから、膝丈のスカートが自然とめくれてしまっている。

だから普段は見えない太ももが、きわどいところまで露《あら》わになっていたのである。

（あんなに足を開いて……覗かれてることに気付いてないんだろうな）

大人の女性の悩ましい色香が、むっちりした下半身に宿っている。

色っぽい脚だなと見惚《みと》れていた、そのときだ。

千鶴が手を伸ばした拍子《ひょうし》にさらに大きく膝が開いた。

（なっ！　ち、千鶴さんのパンティ……ッ）

人妻の股間《こかん》を覆《おお》うベージュの下着が、目に飛び込んでくる。

パンティの股布《またぬの》の上部は小さくレースが施《ほどこ》されているものの、デザインはずいぶんと地味だった。

いわば、おばさんパンティである。

だが派手な下着ではなく、熟女の普段使いのパンティというのは余計にいやらしい。しかも陰部にパンティが食い込んでいるところまで見えたような気がした。

（エロい。千鶴さんのスジまで浮いて見えて……いや、い、いかん……）
これは覗きだ。犯罪だ。
「おい」
と、背後から声をかけると、ふたりはビクッとして、
「な、なんすかっ」
と、こちらを振り向いて苦笑いした。
「なんすかじゃないよ。大将が呼んでるぞ」
ふたりはバツが悪そうに苦笑いしながら、その場を去っていく。
（まったくあいつら……）
ふたりを見送ってから、ガラス戸越しにまた千鶴を見た。
スカートの膝は開いたままだ。
（あの無防備さもいけないんだよなあ）
戸を開けて注意しようとしたときだ。千鶴がふいにこちらを見上げた。
恭介と目が合うと、ハッとしたような顔をして、すぐに膝を閉じた。
（し、しまった……）
見られた。しかし、もう遅かった。

このまま逃げると気まずいと思ってガラス戸を開ける。

「あ、あの……生《い》け簀《す》のアワビを取ろうかなって」

違うアワビが見えそうだ、って、秋生たちの下世話な台詞《せりふ》が思い出されて顔が熱くなる。

「あ、どうぞ」

千鶴の背後に水の張った小さな生け簀があって、アワビや貝が沈んでいる。

(あれ？　見られてなかったか？)

何事もなかったかのように生け簀に近づく。

「大きいのが獲れたのねえ」

しゃがんだまま隣に来ると、潮風に乗って千鶴の髪から、ふわりと甘いシャンプーかリンスの匂いがした。

ドキドキした。

女ひでりに、この匂いはまずい。悶々《もんもん》としてしまう。

緊張していると、店の中から大将の声が聞こえてきた。

「千鶴さーん、ちょっとこっち手伝ってー」

「はーい」

千鶴は立ち上がり、店に入っていく。

後ろ姿もやけに扇情的《せんじようてき》だ。

腰は細いのに、お尻が大きい。

(悩ましいヒップラインだ……千鶴さん、すみません。今日は千鶴さんの身体を妄想の中でたっぷりと使わせてもらいますね)

地元に戻ってきてから、こんなことばかりしている気がする。

三十六歳、独身なんてこんなもんだ。

3

七月の蒸し暑い夜である。

久しぶりに参加した地元の夏祭りは盛況《せいきよう》だった。

商店街の通りには射的《しやてき》や輪投げや金魚すくい、かき氷に焼きそばと、様々な露《ろ》店《てん》が立ち並び、子どもから大人まで行列をつくっている。

恭介が子どもの頃は、これほどたくさんの露店は出なかった気がする。

今では商店街の店もそれぞれが、店先に屋台を構えていたりする。

屋台と言っても手作りだから、大学の文化祭のような感じだ。

「恭ちゃん、悪いなあ」

寿司屋の前でイカ焼きを売っている恭介に、タオルを首に巻いた塩川《しおかわ》が声をかけてきた。

塩川は恭介の四つ年上の先輩で、たまに飲み屋で一緒になる。

そこで祭りの実行委員をやらないかと誘われ、大将にも露店を出してくれと頼まれたので、こうしてイカを焼いているわけだ。

「いや、いいっすよ。楽しいし」

「打ち上げはおごるからさ、じゃあ、よろしくな」

塩川は忙《いそが》しそうに、汗を拭《ぬぐ》いながら人込みの中に紛《まぎ》れていく。

すると入れ替わるように、白地にピンクの鞠《まり》模様の浴衣《ゆかた》を着た美しい女性がやってきた。

「ごめんなさい、遅れちゃって。すぐ準備するわね」

浴衣姿の千鶴が微笑んだ。

「え、あ……お願いします」

持っていたイカの串を落としそうになるほど、恭介は狼狽《うろた》えた。

(千鶴さんの浴衣姿っ……い、色っぽいな……)

黒髪をシニヨンでひとつにまとめ、露わになったうなじから、匂い立つような色気が漂ってくるようだ。

薄いチークにピンクのルージュと、今夜は珍しく化粧をしていた。

メイクによって熟女の可愛らしさが強調され、いつも以上に目の下の泣きぼくろが色っぽさを際立《きわだ》たせている。

「私、会計するわね」

千鶴がしゃがむと、浴衣の薄い生地《きじ》を通して尻の丸みが露わになる。

下にパンティを身につけているらしく、下着の線が響《ひび》いてしまっていて、ドキッとする。

熟れたヒップもピンクのルージュの口元も、むせ返るほど濃厚な人妻の色香にあふれていて、三十六歳の独身男に迫ってくる。

終始緊張しっぱなしのまま、恭介はひたすらイカを焼き続ける。

夜九時を回って、少し客足が落ち着いてきた。

「すごい行列だったわね」

千鶴が代金を勘定しながら、優しく笑う。

「そ、そうですね。きっと千鶴さんの浴衣姿がよかったんですよ」

ちょっと軽口を叩《たた》いてみた。

ふたりっきりで露店を切り盛りしていたから一気に打ち解けて、心の壁がなくなったのを感じたのだ。

「……やだ……いいのよ、お世辞なんて言わなくても。恥ずかしいわ、若い子が着るような可愛い柄なのに、こんなおばさんが着ちゃって……」

「そ、そんなことないですっ。似合ってますよ」

千鶴は少し顔を赤らめた。

「ウフフ、うれしいわ。褒《ほ》めてくれる人、いなかったし……」

「そんなことないでしょう。ご主人だってきっと……」

旦那のことを口にすると、それまでにこやかだった千鶴の顔に暗い翳《かげ》が差した。

「主人は私のこと、女として見てないのよ」

急に口調が変わった。

ずいぶん投げやりな言い方だった。

(夫婦生活、うまくいってないのかな……)

「それより恭介くんは？　彼女のこととか聞いたことなかったけど」

「彼女なんていないですよ。親父の病気のことがあるから地元に戻ってきたって、この前言いましたよね。そのとき彼女とは別れちゃって……東京にいたいって」

「そうだったの……」

千鶴の顔に、「ごめんなさいね」と書いてあった。

「いや、いいんすよ。相手は結構年下だったから、話が合わないところもあったし、それより親父の身体の方が心配だったから」

軽くウソをついた。今ではそこまで心配はしていない。

「親孝行、したいときに親はなし、よね」

浴衣の熟女が、慈《いつく》しむような笑みを浮かべる。

改めて、素敵な人だなと思った。この笑顔に癒《い》やされるのだ。

しばらくして塩川がやってきた。

「おつかれおつかれ。もう客も少なくなってきたから、飲みながらでも、適当にやってくれや」

缶ビールがたくさん入ったビニール袋を手渡された。

「ウフフ。私もいただいちゃおうっと」

千鶴が楽しそうに言うので、プルトップを開けて乾杯する。

彼女の白い喉《のど》がこくこくと艶《なま》めかしく動くのを見ながら、恭介もキンキンに冷えたビールを呷《あお》る。

そうして一時間ほど飲みながら夜店を開けていたが、十時になると撤収してくれと言われたので店を閉めた。

千鶴の家は、ここから歩いて十五分ほどのところにある。

恭介の家の方が近いのだが、夜道は危険だからと理由をつけて送っていくことにした。

何かを期待していたわけじゃない。

ただもう少し千鶴と一緒にいたかっただけである。

（しかし、キレイだよな……）

横顔を盗み見て、改めて心臓が高鳴る。

千鶴は少し酔っているせいか、タレ目がちな目が少し潤《うる》んでいて、目元の泣きぼくろも艶を増している。

黒髪を後ろで結わえたヘアスタイルが浴衣によく似合っていた。

近道をしようと、神社の境内《けいだい》を突っきって歩く。誰もいない境内は月明かりに照らされ、いい雰囲気だ。妙にドキドキしてしまう。

（人妻だぞ……）

そう思っても、浴衣の熟女はやたらと色っぽかった。

ふいに彼女の首筋に、玉のような汗がつぅーっと流れていくのが見えた。

「ああ……今夜は暑いわね……」

ハンカチで首元を押さえる所作《しょさ》も女らしくてグッとくる。

鼓動を速くしながら歩いているときだ。下駄《げた》をはいた千鶴が境内の玉砂利《たまじゃり》に足を取られてバランスを崩した。

「あっ……あぶな……ッ」

慌《あわ》てて手を差し出して、背後から支えた。

（やばっ……）

思わず抱きしめてしまった。

しかし千鶴は、

「あん、ごめんなさいっ……」

と、そのまま身体を預けてくる。

（い、いやがってないぞ……）

思わずギュッと抱擁《ほうよう》を強める。

彼女が肩越しに見上げてきて、ウフフと笑う。

「あん……だめよ、こんなおばさん、からかっちゃ……」

「おばさんなんて……俺と四つしか違わないじゃないですか」

千鶴は困ったような顔をする。

「四つしか、じゃなくて四つも、よ。私、もう四十だし……三十代と四十代は全然違うわよ……それに……私……」

そう言いながらも、見上げてくる目が濡れていた。

（い、いける！　ヤレるかもしれない……）

夫婦仲がよくないようだし、寂しそうなのはなんとなくわかっている。

（い、今しかない！　チャンスだ）

恭介はすぐに言葉を被《かぶ》せた。

「わ、わかってます。だめなのは、わかってます。でも、千鶴さんの浴衣姿が色っぽくて、エッチでたまらなくて……俺……」

思いきって言うと、千鶴は少し考えてから恥ずかしそうにささやいた。

「……いいの？　こんなおばさんで？」

じっと見つめてくる目が、先ほどよりも潤んでいる。

もう身体の中が熱く燃えていた。

「い、いいに決まってますっ……こんなにキレイな人を、旦那さんが放っておくなんて……」

腕の中で千鶴がうつむいた。

しばらく逡巡《しゅんじゅん》してから顔を上げて、ウフッと笑う。

「……私のスカートの中とか、興味あるものね。私でいいのよね……」

「えっ⁉」

驚いていると、千鶴からギュッと抱きついてきて、左手で股間のふくらみを撫《な》でられる。

「あっ……えっ……」

「ウフフ。やだ……すごく硬くなってる、ホントに私のこと……」

上目遣《うわめづか》いの千鶴が、さらに、すりっ、すりっ、といやらしくさすってきた。

「ああ……」

たまらないタッチだった。

《私の身体でエッチなこと、したいんでしょう?》

そんな風な挑発的な目つきをされて、ますます股間がいきり勃《た》つ。

「ち、千鶴さん……」

ギュッと強く抱きしめると、甘い匂いが漂ってきた。

「私、いけないことをしてる……でも、私……」

まるで自分に言い訳するようにつぶやきながら、股間をさする手の動きが激しくなっていくのを、恭介はされるがままに感じていた。

4

千鶴の手つきは次第に、肉竿の形や大きさを確かめるような、本格的に淫靡《いんび》なものに変わっていった。

（や、やりたいんだな……でも、ここではまずいな……）

かといって、ホテルに行くためのタクシーを拾いに、明るい表通りに出たら、千鶴が心変わりする可能性もある。

（よ、よし……）

千鶴の手を取って、神社の境内の裏手に誘う。

人気《ひとけ》のない茂みに連れ込むと、千鶴は恥ずかしそうにしながらも、まるでこうするのが当然というように恭介の足下にしゃがみ、ズボンのファスナーを下ろして、さらにベルトを緩《ゆる》めていく。

（ああ、してくれるんだ……）

恭介は大木に背中を預けながら、期待に胸をふくらませた。

浴衣の似合う和風の美熟女である。

そんな彼女と外でするというのがたまらない。

人の来ない場所とはいえ、誰かに見られるかも、というスリルが興奮に拍車《はくしゃ》をかける。

千鶴は片膝をついてしゃがみながら、恭介のズボンを膝まで下ろし、ブリーフ一枚だけの格好にさせた。

「ウフフ……すごいわ……エッチなシミが……」

「え？　あっ……」

先走りの汁が漏れていて、グレーのブリーフの頂点に、いやらしいシミをつくっていた。

「あっ……これは……」

ガマン汁で下着を汚していたなんて、大の大人がみっともなかった。

手で隠そうとしたら、千鶴にそれを制されて、じっくりと観察された。

恥ずかしすぎる。

腰を引こうにも背後は木だ。

逃げられない。

千鶴がシミに鼻を近づけて、クンクンと嗅《か》いでくる。

「ウフッ。すごくいやらしい匂いがする……」

そうして淫靡な目つきで見上げてきた。

目の下の泣きぼくろが、いつも以上に色っぽくてたまらない。

お店で見せる普段の接客中の姿とのギャップに、ゾクッとする。

「うれしいわ……私みたいなおばさんで、こんなに大きくしてくれて……」

「ああ、千鶴さん……くうっ！」

はむっ、と、ブリーフの上からふくらみを咥《くわ》えられ、舌でねろねろと舐《な》められたので、恭介は身悶《みもだ》えた。

ブリーフが人妻のヨダレで濡れて、シミが広がっていく。

「そ、そんな恥ずかしいシミを舐められるなんて……もう……もう……」

恭介はハアハアと荒い息をこぼす。

股間がブリーフを突き破りそうなほど硬くなり、ペニスの芯《しん》が熱を持ってジンジンと疼《うず》いている。

「もう……、何かしら？　ウフッ……ちゃんと言ってみて」

見上げながら千鶴が目を細める。

泣きぼくろの人妻は、こんなにもいやらしかったのか、と感動してしまう。

「も、もうだめです。たまりません。あ、あの……お願いです、直に舐めてもらえますか……俺の……」

「俺の？　何を？」

熟女がシミつきブリーフをさすりながら、甘えるように言う。

「くっ……お、俺の……チンチン……」

「ウフフ。舐めて欲しいのね、オチンチン……こんなおばさんのオクチでよければ、いいわ……」

湿った声を漏らしつつ、千鶴の手がブリーフを下ろす。

月明かりの下で、いきり勃つ褐色《かっしょく》の竿が、ぶるんっ、とこぼれて露出した。

野外で下半身を丸出しにされるのは抵抗があった。

だけどもう、ビンビンだ。

硬くなった性器を、温かな手でキュッと握られた。

「うっ！」

びんっ、と屹立《きつりつ》が欲情を示す。

「あんっ、すごい……逞《たくま》しい……」

千鶴が淫《みだ》らに笑い、肉竿の根元をつかんでシゴいてくる。

「くっ……」

それだけでペニスの芯が痺《しび》れるように熱くなる。

全身に電流が流れたみたいだった。

「痛くない？」

恭介はこくこくと頷《うなず》いた。

「ウフ。ハアハア言っちゃって、可愛いわ……」

千鶴がしゃがんだまま笑いかけてくる。

その色っぽい表情のままに唇を近づけ、そそり勃つ肉棒にチュッ、チュッとキスをした。

ピンクの唇や舌が敏感な部分を這《は》いずるだけで、むず痒《がゆ》い感覚が襲ってくる。

そして次の瞬間。

唇を大きく開き、一気に亀頭部を覆ってきた。

「くうっ……！」

あまりの気持ちよさに、恭介は天を仰《あお》いだ。

勃起が、温かくて湿った女の口腔に包まれている。

性器も頭もとろけそうだった。

(フェラチオなんて何年ぶりだろう……こんなに気持ちよかったのか)

汚れた男性器を、こんなに美しい浴衣姿の人妻が、口に含んで舐めてくれている。いやがおうにも男の征服欲が満たされる。

「んん……」

千鶴が苦しげな声を漏らし、さらに唇をぐっと押し込んでくる。

「お、おうぅ……」

恭介は背後の木で身体を支えながら、のけぞった。

夏祭りの夜。

神社の裏手の茂みの中で、浴衣姿の美しい人妻をひざまずかせ、イチモツを舐めさせている。

祭りの余韻《よいん》か、遠くから若者グループがはしゃいでいる声が聞こえてくる。

げこげこと蛙《かえる》の声も聞こえてくる。

(気持ちいい……外でエッチなことをするのって、こんなにもドキドキして、興奮するものなのか)

誰かに見られたら、というスリルもある。

千鶴も恥ずかしいのか顔を上気させながらも、ゆっくりと顔を打ち振り始める。

マシュマロのような柔《やわ》らかな唇が、勃起の表皮を這いずっている。

先端から根元までを、ざらついた舌が舐め回してきた。

(あぁッ……千鶴さん……すごい……)

可愛い熟女が、その美貌を股ぐらに押しつけて頰張《ほおば》っている姿を見て、昂《たか》ぶる気持ちがさらに増す。

千鶴はつらそうに眉根《まゆね》を寄せつつ、

「んふっ……んんっ……んんっ……」

と鼻奥から息を漏らし、リズミカルに顔を前後に振ってくる。

顔を振るたびに、その可愛い口に唾液まみれの自分の肉柱が出たり入ったりしているのが見える。口から唾液が垂れるのもかまわず懸命に頰張って、唇でシゴけば、ぬちゃ、ぬちゃ、と卑猥《ひわい》な音が立っていく。

「くく……うう……」

全身が痺れるほどの快美。

足も震えて、立っていられなくなる。

咥えたまま、千鶴が見上げてくる。

その表情が「気持ちいい？」とうれしそうに訊いているみたいだ。

「た、たまりませんよ……俺のチンポをこんなに美味しそうにしゃぶってくれるなんて」

千鶴は勃起を口からちゅるっと吐き出して、眉を寄せる。

「あんっ……美味しそうになんかしてないわ……外でこんなことするのって、すごく恥ずかしいんだから」

熟女の恥じらいが可愛らしく、ますます興奮が高まる。

「でも千鶴さん、ホントは俺のチンポ……美味しいんでしょう？」

からかうと、年上の人妻が困った様子を見せる。

なんとも可愛らしかった。

「……もうっ！　ああんっ……言わせたいのね？　美味しいわ、とっても。恭介くんのオチンチン、すごく美味しい……これで満足？」

浴衣の熟女に卑猥な台詞を言わせたことで、肉竿の角度がさらに鋭角になる。

「ああんっ……キライっ……私にへんなことばっかり言わせて……あむっ、んふぅっ……」

んちゅ、んちゅ……ぬちゃ、ねちゃっ……。

からかわれたことにムッとしたらしく、千鶴はお返しとばかりに激しいフェラチオを繰り出してきた。

咥え込んで吸引しながら、よく動く舌で表皮を包んでくる。

あっという間にペニスは千鶴のヨダレまみれだ。

ジンとした甘い痺れが、うねり上がってくる。

「くううっ！　た、たまりませんっ」

可愛らしくても、やはり経験豊富な四十路《よそじ》の人妻だ。

熱のこもったフェラで、いよいよ追い詰められてきた。

恭介の様子が変わったのがわかったらしく、千鶴が肉竿を口から離して、甘えるような目を向けてくる。

「……いいのよ、恭介くん。私のオクチに出しても……」

「あっ……でも……」

「ウフフ。何を戸惑っているの？　私にオチンチン美味しいって言わせたくせに。ねえ……私にアレを飲ませたいんでしょう……」

泣きぼくろの目をうるうると潤ませて、上目遣いに見つめられたら、もうだめだ。

（やばい……射精させられる……）

こちらも反撃しないと、フェラで終わってしまう。

恭介は咥えられたまま前傾し、千鶴の背中を押さえつけながら、右手を浴衣の襟元《えりもと》にするりと滑り込ませていく。

「ンっ……！」

千鶴がビクッと震えて、見上げてきた。

「されるばかりじゃ申し訳なくて……」

言うと、頬張ったまま千鶴が目を伏せる。

それはＯＫの合図だと理解し、さらに浴衣の奥に手を入れる。

指先に温かく、柔らかい物が当たった。

（千鶴さんのおっぱいだ……）

茂みの奥でフェラされながら、浴衣の胸元に手を入れて直に乳房を触っている。

（あったかくて、柔らかい……）

思ったよりも張りがある。

おっぱいに指を食い込ませると、

「ううん……」

千鶴は眉根を寄せて、切なそうな顔で見上げてきた。

たまらなくなった恭介は、両手で襟元をつかんで、ぐいっと引き下ろすと、真っ白い胸元と谷間までが月明かりに仄白《ほのじろ》く浮かび上がって露わになる。

「あんっ……」

千鶴は「だめっ」とばかりに肉竿から口を離して、イヤイヤした。

（くうう、可愛い……ッ）

年上なのに、その恥じらいは少女のようだ。

もっと浴衣の前を強引に割った。

浴衣の胸元が乱れて露出し、さらに片膝をついているから、浴衣の裾が大きくはだけて、太ももが丸見えになっている。

（くうっ……浴衣ってエロすぎっ）

5

浴衣を大きくはだけさせて、さらに恭介はイタズラを続けた。

胸元に差し入れた指で、乳頭部をくにくにと捏《こ》ねると、

「あンっ……！」

千鶴はしゃがんだまま甘い声を漏らし、ビクッ、と震える。

さらにその突起を指でつまんで転がすと、

「んっ……うんっ……あ……あぅぅ……」

千鶴はもうだめっ、という感じで恭介の太ももをつかんで、ハア、ハア、と息づかいを荒くさせていく。

乳首を指でいじられる快感に、打ち震えているようだった。

（もうフェラもできないほど感じてるみたいだ。ようし……）

恭介は浴衣の人妻を立たせて、大きな木の幹に押しつける。

帯を緩めて押し下げ、白い浴衣の胸元をさらに割って両肩を剝き出しにした。

上半身だけ浴衣が大きくはだけた状態だ。

乳房が、ぶるんっとこぼれ落ちるように露わになる。

四十路にしてはキレイなおっぱいだが、大きな乳輪と乳首は蘇芳色《すおういろ》で、子どもを産んだ人妻らしい、いやらしい色彩をしていた。

「ああ……キレイです……」

「そんなことないわ。形も崩れてきてるし、もうおばさんの身体よ」

「千鶴さんは充分魅力的ですよ。身体だけじゃなくて、すべてが……露店でも若い男に声をかけられてたじゃないですか」

千鶴は照れて、はにかんだ。

「やだ……からかわれただけよ」

「そういうひかえめなところも、素敵です」

言いながら、上気した千鶴の首筋にキスを浴びせて、すくい上げるように美乳を揉《も》み、片方の手でコリコリと乳首をいじる。

「あっ……あんっ……ぁああ……」

高い声が漏れて、千鶴は顔をのけぞらせて、太ももをよじらせる。

「感じてる声、可愛いですっ」

耳元でささやくと、千鶴は「いやだわ……」と言ってギュッと抱きついてきた。

その仕草が、恭介のすべてを受け入れてくれているように感じた。

もう遠慮はいらないと、少し腰を落として乳房の間に顔を埋め、そのまま左右に振りたくる。

「あん、赤ちゃんみたい」

やはり男は女のおっぱいで安らぐものだ。

うっとりしながら甘い匂いのする乳房をまさぐり、蘇芳色の乳首に、チュッ、チュッとキスをする。乳首に軽く口づけされただけで千鶴は、

「あっ……あっ……」

と、うわずった声を漏らして、ビクッ、ビクッと震え始める。

さらに強く吸うと、

「ぁああん……」

千鶴が気持ちよさそうな声をあげ、顔をぐぐっとのけぞらせる。

(ああ……優しげなお母さんが、こんな色っぽい顔に……)

あの可愛らしい美熟女が感じまくって、眉間に悩ましい縦ジワを刻み、泣き出しそうな顔を披露している。

さらには声だ。

先ほどまでは、声を出すのをためらっていたのに、いよいよ堪《た》えられなくなって、喘ぎ声も色っぽく大きくなってきた。

恭介はますます興奮し、おっぱいを揉みしだき、乳頭部をねろねろと舌で舐めまくる。唾液まみれの乳首がカチカチになって円柱形にせり出してくる。

その硬くなった乳首に舌を伸ばして、上下左右に弾くように舐めると、乳輪に鳥肌のようなつぶつぶが現れて、

「ンッ！　ああんっ……い、いやっ……だめっ……」

と、千鶴は乱れた浴衣から伸びた太ももをよじらせ、ハアハアと吐息《といき》を弾ませる。さらにむしゃぶりつけば、

「ううんっ……やはあんっ……んっ……んっ……ふううんっ……んンッ……あ、あ
あんっ……だめっ、それ……あっ……あっ……」

千鶴は眉根を寄せ、今にも泣き出しそうな顔で悶えまくる。

浴衣はいっそうはだけて、仄白い太ももが付け根まで覗き、白いパンティが見えた。恭介はさらに昂ぶってきた。

6

いよいよ人妻が浴衣での野外愛撫に燃えて、欲望を隠さなくなってきた。顔を近づければ、千鶴は恥ずかしそうにしながら唇を軽く合わせてくる。唇のあわいに、ぬめる舌先を差し入れた。

「ンッ……」

一瞬、ビクンと千鶴の顔が強張《こわば》り、眉間のシワが深くなったが、すぐに身体の力を抜いてディープキスを受け入れてくれた。

（ああ、甘い……柔らかい……）

口紅と唾《つば》の味、わずかにアルコールとイカ焼きの味もする。

こちらも同じ味がするだろう。

だけど千鶴はいやがることなく、舌を積極的にからめてくる。

人妻はキスでさらに興奮してきたようだ。こちらも一気に燃え上がり、舌を伸ばして千鶴の舌ともつれあわせていく。

「んん……んふぅん……んんうっ」

千鶴は恭介の身体にギュッと抱きついてきた。

抱き合いながら夢中で舌と舌をからめ合う。

くちゅ、くちゅ、と唾液のいやらしい音がするたびに、千鶴の身悶えが大きくなっていく。

（ああ、千鶴さんが乱れてきた……）

ヒップを撫でると浴衣の布地越しに、パンティのラインが指に触れた。

「浴衣の下は、下着をつけない方がいいんじゃないですか？」

キスをほどいて言うと、千鶴が目を細める。

「……そうだけど……でも、パンティを穿《は》かないなんて、できないわ……」

「浴衣に下着はだめですよ。脱いでください」

からかうように言うと、

「そんな、いじわる言わないで……」

千鶴は恥じらい、太ももをギュッとよじらせる。

その仕草も愛らしかった。それならばと、恭介は千鶴の足下にしゃがみ、目の前で浴衣の裾《すそ》を割り、白い太ももとパンティを露わにした。

「あっ……いやっ……！」

裾も広げられた千鶴が、手で下半身を隠そうとする。

その手を押さえつけながら、熟女の生足とパンティをじっくり眺《なが》める。

膝から下がすらりとして美しい足だった。

だけども、太ももはムッチリと太くて脂《あぶら》が乗っている。

手を這わせれば、柔らかい肉のしなりが押し返してきた。

太ももを堪能《たんのう》し、さらにパンティに包まれた女の部分に触れると、そこには湿り気があって、卑猥な匂いも漂ってきた。

「こんなにいやらしい匂いをさせている部分を、パンティで隠すなんて……」

意地悪く言いながら、パンティを剝《む》き下《お》ろす。

「いやっ……だめぇ……」

千鶴は恥じらうものの、太ももを閉じ合わせているから、逆に脱がしやすかった。丸めながら爪先から抜き取って、見上げると、

「ああんっ……」

千鶴が手で隠そうとするも、隠しきれずにハミ出してしまった濃い陰毛とピンクの亀裂が見えていた。

（おおっ、おまんこっ……）

久しぶりに女の恥部を目の当たりにして、勃起が再び硬くなる。

しかもだ。

乱れた浴衣から覗くおまんこは、素っ裸のときよりエロスを感じる。

（くうう、熟女おまんこ、いやらしい……）

ぷっくりした陰唇《いんしん》は、すでに大量の蜜をこぼして狭間《はざま》をぬめらせている。

「あんっ……恭介くん、そんなに見ないで……」

千鶴が浴衣の中の肢体《したい》をよじらせる。

裾も襟《えり》もはだけた半裸の浴衣姿は扇情的すぎた。

目尻に泣きぼくろのある、とろんとした目つきが色っぽい。

「恥ずかしがっても、もうこんなに濡れてますよ……すごいな、この匂い」

「ああん、だめよ、お願いっ……言わないでっ……」

人妻は眉をひそめて首を振る。

だけど、欲しがっているのは間違いない。

顔を近づけて、クンクンと嗅ぎながら、舌でワレ目をねろりと舐めると、

「ぁあっ……」

千鶴は顔をのけぞらせて、手の甲で口元を隠す。

狭間に沿って、ぬかるんだ女の秘部に舌を這わすと、

「あっ……あっ……ああんっ……」

と、先ほどまでパンティを脱ぐのをいやがっていたのがウソのように、顎《あご》をクンッと上げて感じた声を漏らし始める。

泣きぼくろの浴衣妻を、さらに感じさせたかった。

舌を伸ばして奥まで舐めれば、

「う……くぅぅ……ああんっ、あぅぅ……だめっ、これ以上したら、あん、くう、ううっ……」

千鶴は、いよいよどうしたらいいかわからないという様子で、腰をくねらせつつ、下腹部をせり出してくる。

生魚のような匂いがプンと漂う秘部をさらに舐める。

奥ばかりではない。

クリトリスにチュッとキスをし、口に含んで吸い立ててやる。

すると、

「あっ、いやっ、そこっ」

千鶴が今までにない鋭い声を漏らし、腰を震わせた。

やはり、ここが一番の性感帯なのだろう。

恭介は彼女の太ももを手で押さえつけ、舌先でクリの包皮を剝いて、つるんとした真珠豆を優しく舐める。

「うっ……！」

千鶴は必死に自分の右手で口を押さえつけつつ、顎を跳ね上げた。

かなり感じたのだろう。ムチッとした太ももがひくひくと痙攣し、下駄を履いた足先がキュッと丸まっている。

「はあん……だめっ……感じちゃう……」

いよいよ千鶴の様子が差し迫ってきた。

「いいんですよ。感じてください」

言いながら、さらにクリを刺激すれば、

「んはっ、ああ……あぁっ……ああんっ、だめっ……だめっ……あううう」

人妻が肢体をくねらせ、何度もびくんっ、びくん、と痙攣する。

見上げれば、千鶴は瞼《まぶた》をとろんと落として、つらそうに眉間に縦ジワを刻ませている。

(イクんじゃないのか？)

自分のテクに自信があるわけではない。

久しぶりだから、千鶴は感じまくっているのであろう。

(ここがいいなら……もっと責めてやる)

露出した女性器を、一心不乱に舐めていたときだ。

恭介の頭を両手で抱え込み、撫でつけてきた。

見れば、千鶴はとろけ顔で、イヤイヤしながら、

「だめってば……したくなっちゃう……」

と、可愛らしくはにかんで甘えてくるのだった。

7

木の幹に両手をつかせ、浴衣の尻をこちらに向けて、突き出させる。

「ああんっ……恥ずかしいわ……」

立ちバックだとわかったのだろう。千鶴が肩越しに、とろけた目で見つめてくる。

「後ろから入れられるの、いやなんですか?」

一応訊くも、いやだと言われたところで強引にねじ込むつもりだった。

しかし千鶴はうつむいたまま、

「……いやじゃないけど……」

　と、泣きぼくろの目を恨みがましく向けてくる。

　いやじゃないと言いつつも、後ろからされるのは本当に恥ずかしくて、つらいらしい。でも恥ずかしいというのなら、もっとそこを責めたくなる。

「浴衣のましたいんですよ。もっとお尻を突き出してください」

　煽《あお》ると千鶴はキュッと唇を噛みしめながらも、さらに前屈《まえかが》みになって浴衣の尻を突き出してきた。

　羞恥《しゅうち》を感じつつも、欲しくてたまらないのだろう。

（た、たまらんな……このケツっ……）

　薄布に包まれた尻の大きさに目が釘付《くぎづ》けになる。

　誰もがバックからぶち込みたくなるような理想的な尻だ。

　はやる気持ちを抑えつつ、浴衣の裾をめくり上げれば、震いつきたくなるほど大きくて丸いヒップが露わになった。

　量感たっぷりの見事な半球だ。

　その尻肌に、じっとりと生汗をにじませている。

　尻奥には濃いピンクのワレ目が息づいており、内部はぐっしょり濡れている。

「ああん……こんな格好……」

千鶴が恥ずかしがって、尻を逃がそうとする。

だが手をついて尻を突き出し、いやいやとヒップを振れば、それはもう「早くちょうだい」とおねだりしているようにしか見えない。

「すごくいやらしい格好ですよ、こんな場所でお尻を丸出しにされて……」

鼻息荒く千鶴のヒップを撫で回し、臍《へそ》までつきそうな怒張《どちょう》を右手で押さえながら濡れ溝にこすりつける。

「ンンッ」

軽く切っ先を押し当てただけで、千鶴の身体がビクンッとした。

震えている。

明らかに彼女は興奮していた。

一秒でも早く、つながりたかった。

はやる気持ちを深い呼吸で抑えつつ、切っ先に意識を集中させる。

狭い入り口を探り当て、息を詰めて腰を入れた。

穴を押し広げる感覚があり、さらに腰を押して膣内《ちつない》にぬるりと嵌《は》まり込んでいくと、熱くてとろけるような粘膜がチンポの先を包み込んできた。

る。

「ぁあああ……あんっ、お、大きい……あっ、ぁああッ」

千鶴は顎を跳ね上げ、両手で木にすがりついたまま、背を大きくのけぞらせ

「くうう……」

つながったまま恭介は奥歯を嚙みしめた。

熱い媚肉《びにく》が、奥へ奥へと引き込むように、うねうねとうねっている。

(こ、これがおまんこの感触だった。最高だ。ぬるぬるして、あったかくて

……)

チンポがとけてなくなりそうだった。

逆ハートのむっちりしたヒップの中に、自分の性器を入れている。奥の方まで

ねじ込んでいる。

この人妻はもう俺の物だ……支配欲が悦《よろこ》びに拍車をかけた。

ずんっ、と奥まで突き入れると、

「あっ……ああぁっ、あああっ……!」

千鶴は悲鳴にも似た嬌声《きょうせい》を漏らして、大きく背中をのけぞらせた。

(くうう……)

奥まで突き入れると、強烈な締めつけを感じた。

無数の舌がからみついてきて、マッサージされているみたいだ。

その快楽に負けじと、腰を前後に動かした。

「ああ……あああんっ……」

立ちバックで貫かれながら、千鶴が肩越しに振り向いてきた。

挿入の歓喜を噛みしめるように、眉間に悩ましい縦ジワを刻み、歯を食いしばっている。

泣きぼくろの目元はとろけている。

それでいて、少し後ろめたそうな表情をしているから、たまらない。

千鶴は浮気をするようなタイプではない。そんな千鶴が、

「あなた、ごめんなさい」

と、自省しつつも快楽の波に溺《おぼ》れていく様《さま》が色っぽい。

(くうう、こ、これは……たまらんぞ……)

もっと千鶴を味わいたかった。

バックから突きながら、千鶴の浴衣を脱がせて上半身を裸にした。

いわゆる半脱ぎだ。

帯でかろうじて浴衣を身につけているものの、乳房もお尻も性器も丸出しにされている熟女に、猛烈に興奮した。

白い背中が眩《まぶ》しかった。

裾がめくり上げられて、下駄を履いて小刻みに震えている下半身もいやらしかった。

たまらず突いた。

突いて突いて突きまくった。

大きな桃尻の中心に、自分の男根が突き刺さっている。

ぐいと尻割れを広げてみれば、ピンクのワレ目の下部に、野太い男根が根元まで挿入されている。

「ああっ……広げないでっ……いやあん……」

千鶴が振り向いて、イヤイヤした。

「入ってるところを見たかったんです。どうです、感じますか？」

「か、感じるわ……入ってる……恭介くんのオチンチンが奥まで入って……あぁンっ……」

腰をぶつけると、浴衣美人はのけぞった。

「くぅう……こっちも感じますよ。千鶴さんの中、気持ちいいっ……」

絞り出すように声を出しつつ、さらに腰を使った。

前後に激しくストロークすれば、汁気の多い蜜壺《みつつぼ》から、ぬんちゃ、ぬんちゃ、と肉ずれの音が暗い茂みの中に響き渡る。

もうとまらなかった。

誰かに見られていようがかまわない。

恭介は夢中で、立ったまま千鶴を犯し抜いた。

「あ、あッ、ああッ……ああんっ……いいわ、いい。もっとして、恭介くんの好きなようにして」

千鶴も興奮しきっている。

恭介は浴衣の上から帯をつかみ、さらに律動を送り込んだ。

ぐいぐいと抜き差しすれば、丸々と張りつめた尻肉が、恭介の腰を、ぶわわわん、と押し返してきて心地よさが増していく。

「はあんっ、あんっ……だめっ、き、気持ちいいっ……ああんっ、恥ずかしいわ、こんなおばさんなのに……ああんっ……」

浴衣の熟女は両手で木を必死につかんで、ついにあられもない声を漏らし始めた。

裸にされた上半身と露出しているうなじから、甘くて濃厚な色香が立ちのぼる。

しんとした暗闇の、木々の生い茂る中、いやらしい音と匂いは野外の空気を淫靡なものに変えていく。

（おおぅ……アオカンの立ちバック……気持ちいい……！）

もっと奥までと前屈みになれば、千鶴が振り返って唇を差し出してきた。

こちらも唇を突き出すと、

「……ぅんん……」

むしゃぶりつくような荒々しいキスをしてきたので、恭介は驚いた。

苦しくなって唇を開くと、千鶴から舌を入れてくる。

（千鶴さんがこんなに積極的なベロチューを……）

よほど昂ぶっているのだろう。

「……んぅ……ううんっ」

ふたりで口づけを求め合えば、ネチャネチャと唾液の音が滴《したた》り、甘い唾の味が口の中を満たしていく。

（挿入しながらのベロチュー……気持ちよくて、おかしくなりそうだ）

キスしながら目を開ける。

千鶴の淫らな目つきが、たまらなかった。

目尻の泣きぼくろが、ますます人妻のいやらしさを引き立たせている。

四十路の欲情にとろけていく様はエロすぎた。

ますます興奮し、後ろから抱きしめつつ、そのまま手を伸ばして背後から揺れる乳房を握りしめた。

むぎゅ、むぎゅ、と揉みしだくと、乳首はいっそう硬くなっていく。それを指でつまめば、

「あんっ！　ああっ……」

千鶴はキスもできなくなって、口を離して喜悦《きえつ》に歪《ゆが》んだ悲鳴を放つ。

木の幹をつかんでいる千鶴の手は震え、腰つきはますます淫らになり、「もっと犯して」とばかりに、恭介の腰に尻を押しつけてくる。

「た、たまりませんよっ……」

恭介は立ちバックで激しく腰を振りたくる。

突けば突くほど、あふれ出る愛液が潤滑油《じゅんかつゆ》となり、ずちゅ、ずちゅ、と性器

と性器のこすれる卑猥な音が茂みの中に木霊《こだま》する。

射精欲が疼いてきた。

それでもガマンして、後ろから突き上げていると、

「あんっ、あんっ、あんっ……気持ちいい、恭介くんっ……気持ちいい、ねえ、イキそう……イッていい？　イッ、イッちゃう、ああ……だめっ」

千鶴が振り向いた。

くしゃくしゃに歪んだ美貌が怯《おび》えていた。

本気でイキそうなのだろう。

もしかすると、今まで味わったことのないオルガスムスの予兆を感じて、不安に駆られているのかもしれない。

「イッ……イッてくださいっ……お、俺も、もう……」

ぐいぐいと腰を使ったときだった。

「ああんっ……おかしくなるっ……だ、だめぇっ……イ、イクっ！」

千鶴が、びくん、びくんっ、と腰を跳ね上げる。

アクメに達した蜜壺が男根を締めつけてきて、それが引き金となった。

「ああ、で、出る……！」

慌てて抜こうとしたときだ。

「ああん……い、いいわ……来てっ……中にいっぱい注《そそ》いでっ……私のおまんこで気持ちよくなって……」

ハアハアと喘ぎながら、千鶴が振り向いてそう告げた。

年齢的なものだろうか。

それとも時期的に大丈夫なのか……。

まるでわからぬものの、大丈夫と言われたことが恭介の気持ちを楽にさせた。

グイッと奥まで突き刺した直後だ。

猛烈な爆発を感じた。

「ぐううっ……！」

腰を押しつけたまま、どくんっ、どくんっ、と、熱い精液が千鶴の膣内に迸《ほとばし》っていく。

「あンッ……すごい……熱いッ」

千鶴が木の幹に抱きついたまま、全身を小刻みに震わせる。

（ああ、今……人妻の中に射精してるっ……な、中出し……）

痺れるような震えに包まれて、気持ちよさに魂が抜け落ちた。

（さ、最高だ……浴衣の似合う美しい人妻と野外セックス……浜松に戻ってきてよかった……）

退屈だった実家暮らしが刺激的になっていく予感を覚えつつ、最後の一滴まで浴衣美人の中に注ぎ込んでいくのだった。

第二章　清楚な和菓子屋の若奥さん

1

翌日。

あら浜魚一での気まずさに、恭介は汗をかきっぱなしだった。

何せ、いつも一緒に働いているパートの奥さんと身体の関係を持ってしまったのだ。

「おお、千鶴さん。昨日はありがとうな、遅くまで」

千鶴が出勤してくると、大将が珍《めず》しく陽気に声をかけた。

「い、いいえ……ちゃんとアルバイト代もいただきましたから」

「恭介は、ちゃんと家まで送ってくれたかい？」

「えっ⁉」

千鶴が不自然に大きな声をあげて、こちらを見た。

顔が赤く火照《ほて》っていた。

自分の顔も熱くなっているのを感じる。

「ん？　その感じだと、恭介っ……おまえやっぱり飲んだくれて、ちゃんと送っていかなかったな」

「い、行きましたよ。ね、ねえ、千鶴さん」

「う、うん」

視線がからむと千鶴はすぐに顔をそむけ、店の奥に入っていこうとした。

（や、やばい……意識するなって方が無理だ……）

千鶴はいつもどおり、白いブラウスに膝丈スカートの地味な格好。

そして薄いメイクではあるものの、だ。

目尻の下の泣きぼくろは、いつもより色っぽく見えて、ブラウスやスカートを押し上げるバストやヒップに自然と目がいってしまう。

（くうう、この可愛い人妻の浴衣をひん剝《む》いて、神社の裏で立ちバックしちゃったんだよなあ）

思い出されるのは、ムッチリした白い裸体だ。

四十歳で、小学生の男の子がいるママなのに、身体つきは崩れてなくて脂がのって柔らかく、そしていったんスイッチが入ると、経験豊富な人妻らしい淫らな姿をさらけ出す。

昨夜の肢体を思い出してドキドキしていると、エプロンをつけた千鶴が髪をアップにしながら、店の奥からひょいと顔を出して手招きした。

店の裏口から外に出ると、千鶴が伏し目がちに言った。

「……昨日はありがとう」

「い、いやあ。こちらこそ」

照れ笑いを浮かべると、千鶴が真っ赤になって睨《にら》んできた。

「違うわよ。送ってくれたこと……ありがとうって」

「あっ、ああ……そうですね」

勘違いしたのが恥ずかしかったが、しかし、恭介はホッとした。

千鶴は浮気をして落ち込んでいるんじゃないかと思ったのだ。

(この様子なら、渡せるんじゃないかな)

恭介は白衣のポケットに手をやって、

「あ、あの……これ……」

と、ポケットから、くしゃくしゃになった小さな白いコットンの布地を取り出した。

「あっ！」

千鶴が叫んで、その布を奪い取った。

昨晩、恭介が脱がした千鶴のパンティだ。

持って帰ってしまっていたのだ。

千鶴が耳まで真っ赤にして、じろりと睨みつけてくる。

恭介は首を横に振る。

「も、持って帰ったけど……何もしてませんから、その……パンティにイタズラとか……」

「当たり前よ、もう……ああん、置いてきちゃったと思ったわよ。あなたが持って帰ってるなんて。朝、神社の裏を探したのよ」

「すみません」

謝ると千鶴はクスクス笑う。

「いいわよ、もう……それより、ホントにありがとう」

千鶴が小さな声で続ける。

「すごく罪悪感があって、主人に顔を合わせづらかったの。でも……私もまだ女でいいんだと思ったら、すっきりしたっていうか」

「俺、申し訳なく思ってます……千鶴さんと……しちゃったことは……」

「あなたがそんな風に思うことないわ。昨日のこと、ふたりだけの秘密ね……ホントにホントにありがとう」

彼女はそっと身体を寄せてくると、持っていた白いパンティを恭介の調理白衣のポケットに差し入れてから、踵《きびす》を返して店の中に入っていく。

(えっ……こ、これ……えっ……？)

ま、まさか……。

脱いだパンティをくれるってことか？

なんてエッチなことをするんだと呆然《ぼうぜん》としながらも、千鶴の後ろ姿を目で追ってしまう。

田舎の人妻は可愛らしい上に、意外と大胆だ。

改めてそんなことを思いつつ、ちょっと心が軽くなった気がして、弾む気持ちで仕込みに向かうのだった。

2

夏祭りが終わって一週間後。

実行委員が商店街の居酒屋に集まって、打ち上げをすることになった。

といっても、商店街の親父たちが飲む口実《こうじつ》をつくりたいだけなのだ。

恭介も実行委員なので、面倒だと思いつつも参加した。

本当なら大将が行けばいいと思うのだが、彼はそういう集まりがあまり好きではない。

次の日の仕込みもあったので遅れていくと、小上《こあ》がりの席には二十人くらいいて、みな一様にできあがっていた。

「おいっ、恭介、遅せえぞ、ばかっつらあ！」

八百屋《やおや》のおじさんに、すれ違いざま酒臭い息をかけられた。

（うわあ、だいぶ飲んでるなあ、こりゃあ……）

二時間のガマンだ、と決意したときだった。

「恭介さん、こっちこっち」

手招きしたのは和菓子屋の若奥さん、小泉《こいずみ》涼子《りょうこ》だ。

いつもは店先で、頭に三角巾《さんかくきん》をつけて割烹着《かっぽうぎ》を着て、大福などを売っている地味な印象の奥さんである。

しかし今日は珍しく身体のラインのわかる半袖《はんそで》のカットソーを着ていて、ドキッとした。

（おっ、涼子ちゃんて、おっぱいこんなに大きいのか……）

普段は割烹着だからよくわからなかったが、手を振っていると、それに合わせて胸のふくらみが、いやらしく左右に揺れていた。

「私の隣、空いてるから」

涼子が大声で言う。

（おおっ、ラッキー）

恭介はいそいそと涼子のところに向かう。

テーブルについてあぐらをかくと、膝が涼子の太ももに当たった。

（おっ……涼子ちゃんのナマ太ももだ……）

いつもは長いスカートしか穿かない、ひかえめな涼子の白いナマ太ももが、少し短かめのフレアスカートの下から見えて、恭介の心臓は高鳴った。

涼子は三十歳で、恭介の六つ下である。

小、中、高校と一緒であった及川早苗《おいかわさなえ》の妹だということは、浜松に戻ってきてから知ったことだった。

子どもの頃に涼子に会った記憶はないが、幼馴染《おさななじ》みの妹ということで仲良くなったのだった。

(私服は意外と女らしいというか、今どきっぽいんだな)

いつも割烹着姿だから、こういう身体のラインのわかる服や、太ももの見える丈のスカートを身につけるとは意外だった。

「何飲みますか?」

涼子がメニュー表を手に持って、すっと身体を寄せてきた。

(え?)

柔らかな身体をギュッと押しつけられた。

(よ、酔ってるのか?)

見れば、形のよいアーモンドアイが濡れている。目の下も赤らんでいて、いつもは清楚《せいそ》で真面目そうなのに、今日はやけに色っぽい。

目鼻立ちの整ったキレイ系の奥さんだ。

それでいて、あどけなさも残している。なんとなくお嬢様めいた雰囲気があった。

シャワーを浴びたばかりなのか、甘いボディソープやリンスの匂いが鼻先をくすぐってくる。アルコールが入って、肌がほんのりピンク色に上気していた。

そんな可愛い女性に、ぴたりとくっつかれたら、意識せずにはいられない。

しかもである。

偶然にも、左の肘《ひじ》に胸のふくらみがギュッと押しつけられているのだ。

（お、おっぱい、めちゃめちゃ柔らかい……）

小柄で全体的にスリムだと思っていたのに、意外なほど胸が大きいことに驚かされた。

奥ゆかしい若奥さんは、いつもは割烹着の下に隠していたものの、身体のラインを露わにする薄手のカットソーでは隠しきれない、まるでメロンのようなおっぱいの持ち主だったのだ。

視線を下に向けると、横座りしているから、先ほどよりもスカートの裾がめくれ、太ももの下半分が見えてしまっている。

その太ももが恭介の膝にぴたりとくっついている。三十路のムチッとした太ものぬくもりを感じて、身体を熱くさせてしまう。

「ずいぶん迷ってますね」

ウフフと笑いながら、涼子が楽しそうに覗き込んできた。

「えっ、いや……それは、何を飲んでるの？」

ドギマギしながら、慌てて涼子が飲んでいるグラスを見た。

「へ？　赤ワインですけど……」

涼子がグラスを持ち上げて、きょとんとした顔をした。

持っているのはワイングラスだし、色味も赤ワインだとすぐにわかる。

恥ずかしくなった。

「ああ、そっか……じゃあ、俺もそれ……」

あははと笑いながら言うと、涼子はイタズラっぽい笑みを見せてから、店員を呼んで注文してくれた。

（しかし……涼子ちゃんもかなり酔ってるな）

彼女の旦那ともたまに飲み屋で一緒になるし、夫婦ともども顔見知りである。

だが、こうして身体を寄せてきたりするほど距離が近い関係ではなかったから驚きっぱなしである。

（この前からラッキーが続いてるなあ）

そんなことを思いつつ、運ばれてきた赤ワインのグラスを涼子と合わせる。

こっちが一口、口に含んでいる間に、涼子はグラスの半分ぐらいを一気に飲んだのでびっくりした。

「あれ、そんなに飲むんだっけ？」

涼子は天井を向いて、ハーッと酒臭い息を吐いた。

「いつもはそんなでもない……かな……ウフフ」

何か言いたそうにしていたが、涼子はそれを呑み込むように再びグラスに口をつける。

白い喉がこくこくと動く様が色っぽかった。

(そうなんだよなあ、涼子ちゃんって、ふとした仕草がそそられるんだよな)

和菓子屋の若奥さんは器量《きりよう》よし、正統派の美人なのだ。

愛想もあって、しっかり者という印象である。

しかしだ。

たまに瞼《まぶた》を落として見つめてくる目つきや、髪をかき上げたりする仕草に濃厚な色香を漂わせてくるときもある。この様子だと、甘えるのもうまそうだ。

「今日は、どうかしたの？」

と訊くと、

「今日は特別です」

と返してきた。

「へえ、いいことでもあったのかい」

「……逆です。悪いこと」

彼女の顔が急に曇って、恭介は焦《あせ》った。

酔っているからだろう、表情がころころ変わってわかりにくい。

「そうか……訊いちゃってごめん」

「いいんです。もう」

急に不機嫌そうな顔になった。

(やけ酒みたいなもんだったのかな。それにしては、さっきまで楽しそうだったけど)

こういうときは、どうフォローすべきか。

とにかく何か別の話題に持っていこうと、彼女に話しかけた。

「その服、よく似合うね」

そう褒めると、さっきまでの不機嫌さがウソように涼子がくっついてきた。

「えーっ、うれしい。可愛いでしょ。このスカートも」

涼子がちらりとスカートの裾を持ち上げたので、白い太ももが露わになった。

ドキッとした。

「おいおい。見えるよ」

普段は奥ゆかしい人妻なのに、何かあったのだろうか。

「アハハ。焦ってる。恭介さん、面白い」

何があったか知らないが、とにかく機嫌が直ってよかった。あとは当《あ》たり障《さわ》りのないことでも話しておこう。

「そういや今、早苗って何してんだっけ」

「お姉ちゃん、駅前のカルチャーセンターでパソコン教えてるんです」

「へえ、パソコンの先生か」

確かに早苗はおとなしいけど真面目で面倒見がいいから、人にものを教える仕事は合っているような気がする。

そんな話をしていると、前に座っていたおばさんが話しかけてきた。

たわいもない話をしながらまわりを見れば、みな楽しそうに飲んでいる。

こういうアットホームな雰囲気もいいよなあと思っていたら、涼子が肩をトントンと叩いて見上げてくる。

「ねえ、恭介さんて独身よね。お姉ちゃんとか、どう？」

「げほっ、げほっ」

いきなり予想だにしなかった言葉をかけられて、恭介は噎《む》せた。

慌ててグラスを置く。

「な、なんだよ、急に……」

「だってえ、恭介さんみたいな人が、お義兄ちゃんだったらいいなあって」

恭介の左肘に、柔らかなものをさらに強く押しつけてくる。

乳房の柔らかさどころか、ブラカップの感触までわかるくらいに意識が集中して身体が熱くなっていく。

「はは、それはいいな。俺が涼子ちゃんの兄貴か……」

「ウフフ。でもね……」

そこで言葉を切って、涼子が耳元に口を寄せて小声で言う。

「ホントはそうじゃなくて、もっと親密な関係を考えてたりして……」

「は？　か、からかうなよ」

苦笑しながら返したが、涼子はにっこり微笑んでいた。

「私、恭介さんに会ったことあるんですよ、私がまだ小学生くらいの頃」

えっ⁉　と思い、考えた。

記憶がまるでなかったが、涼子ならば子ども時代も可愛らしかっただろうと想像できる。

そんな美少女ならば、覚えていそうなものだが……。

「そうだっけ」

「そうですよ。私、ショートヘアで男の子っぽかったから、印象に残ってないかもしれないけど……」

そう言われても思い出せない。

「覚えてないなんて、ショックぅ」

「いや、ごめん」

「ウフフ。だからね、久しぶりに会ったときは心がときめいたんですよ」

「へっ？」

なんでときめくんだろうと思った矢先。

涼子の手が、そっと太ももに置かれて、何かと思ったら彼女がうるうるした瞳でまっすぐに見つめてくる。

「……初恋だったのかなあ、私の……」

思いがけない言葉に、気が動転してしまった。

「え……お、俺……？」

そのときだった。

太ももに置かれていた涼子の手が、ズボン越しに股間のきわどいところへと近づいていったのだ。

焦って腰を逃がしたら、膝がテーブルに当たってしまった。

その拍子に水の入ったグラスが倒れ、ズボンの股間部分を濡らしてしまった。

「あっ！」

「あっ、大変」

涼子は手際よく、店員におしぼりを持ってきて、と伝える。

そして自分のおしぼりを手に取って、恭介のズボンの股間に当ててきた。

「いや……大丈夫だよ、ただの水だし」

「でも、結構濡れてますよ。少しは拭《ふ》き取らないと」

股間部分を優しくおしぼりで叩かれて、恭介は焦った。

「い、いや……いいって……」

と、涼子を見たときだ。

ぴったりしたカットソーは胸のところがV字になっているので、襟元から濃いブルーのブラジャーが覗けた。

(や、やば……ッ)

別のことを考えようとすればするほど、股間がムズムズしてしまう。そこにおしぼりを当てられてるわけだから、さすがに恭介は股間を手で隠そうとした。

「いいってば」

断ると、涼子が手を止めて上目遣いにこちらを見る。

イタズラっぽい輝きを放つ双眸《そうぼう》が、恭介の硬くなりつつある股間を「どうしてこんなになってるの?」と問い詰めようとしているかのようだった。

恭介は顔を赤くして、目をそらす。

ふたりの間の空気が密になったのを感じつつ、それまでの饒舌《じょうぜつ》さは消えてふたりではあまりしゃべらなくなった。

まわりの商店街のおじさんたちと話しながらも、意識は涼子に向いていた。

彼女もそうなのだろう、時々、ちらりと視線をからめてきては、何か言いたげな笑みを浮かべているのだ。

(俺が初恋の相手だなんて……ありえないよ、そんなの……)

と思っても、気になって仕方がない。

結局、あまり酔えないまま、ほどなく打ち上げはお開きとなった。

店の外で八百屋のおじさんが簡単な挨拶《あいさつ》をすませると、そのまま散り散りに帰っていく。

何せ高齢者が多いから、遅い時間になると眠くなるのだろう。

どうやら二次会に行くのは数人らしい。

恭介はどうしようかと逡巡して、涼子の姿を探したときだった。

「ねえ、こっち」

と背後から涼子に手を取られ、店舗と店舗の間の狭い路地に連れ込まれた。

換気扇が音を立て、煙りを吐き出している。

と、いきなり涼子が抱きついてきた。

(えっ!)

そのまま首に両腕を回されて引き寄せられ、唇を押しつけられる。

「涼子ちゃ……んむぅっ……」

キスされていた。

恭介は軽くパニックになった。

(は？　い、いきなり……キスしてくるなんて……どういうことだ？)

初恋だったと告白されても、いきなり口づけはまずすぎるだろう。

どうも彼女はやけを起こしているようだったから、何かあったのかもしれない。

(いかん、彼女は……人妻だぞ)

旦那のことも知っているし、しかも幼馴染みの妹だ。

まずいと思いながらも、甘い匂いとおっぱいの感触にくらくらして、本能的にギュッと抱きしめてしまった。

(ああ細いっ……)

思ったよりも華奢《きゃしゃ》な身体つきのわりに、ふくよかな乳房の感触がたまらない。

それに押しつけられている唇のぷっくりした感触や、ワインを飲んだあとのフルーティな吐息が恭介の理性を剝《は》がしていく。

まずいと思いつつ、恭介も強く唇を押しつけてしまっていた。

「……ん……ん」

わずかに開いた涼子の歯列から、感じたような色っぽい吐息が漏れる。

たまらなくなり、ほどけた唇のあわいに舌先を差し入れると、彼女も舌をからめてきた。

一気に燃え上がり、舌を伸ばして涼子の舌を吸う。

「ん、んんぅ……んぅぅ……」

キスに没頭する人妻の切ない吐息がたまらなかった。

（まずい、まずいぞ……）

と思うのに、ぴちゃ、ぴちゃ、と淫靡な唾の音に、うっとりして何も考えられなくなっていく。

「……ンフ……初恋の人と……恭介さんと、こんなことできるなんて思わなかった。うれしい……」

キスの合間に涼子がささやき、ますます激しいベロチューを仕掛けてくる。

（ああ……どうしよう……どうしたらいいんだよ……）

戸惑うも、自然と涼子の胸のふくらみに手を伸ばしてしまう。

「ん……んふ……」

薄い生地越しに乳房を揉みしだかれて、涼子が喘ぐ。

（うおっ、むにゅむにゅしてるっ！　なんて触り心地なんだよ）

柔らかいのに、それでいて指を押し返してくる。

たまらなかった。

さらに手のひらをいっぱいに広げ、下から包み込むように、グイグイとおっぱいを揉み上げると、

「あっ……あっ……！」

ついにはキスもできなくなったようで、涼子はのけぞってうわずった声を漏らし、ハアハアと息を弾ませる。

その切なげな表情がなんともセクシーだった。

割烹着で接客するひかえめな若奥さん……という普段の姿からは想像もできないほど、エロい声と表情だ。

この形のよさそうなおっぱいを好きなようにしたり、脚を広げさせて、いやらしい部分を覗いたり……もっともっといやらしい表情を見てみたい。

だが……。

どうしても頭の片隅に引っかかるのは旦那のことだった。

たまに飲み屋で一緒になる、涼子の旦那の小泉はとてもいい人なのだ。

「……恭介さん……？」

手を止めたので、涼子が不安げな顔で見つめてきた。

「涼子ちゃん、やっぱりだめだよ、こんなこと……」

ベロチューして胸を揉んでおきながら、「だめだよ」なんて言っても説得力がない。

だけど、もう以上はまずい。

「私と……したくないですか……？」

涼子が小悪魔的な誘惑をしてきて、また脳内が思考停止しそうになる。

「したくないですかって……えっ？　いや、涼子ちゃん……」

慌てていると、

「あれぇ、涼子ちゃんは？」

通りから酔っ払った声が聞こえてきて、ビクッとした。

ふたりで顔を見合わせる。

路地の奥で抱き合っているところを見られたら、それこそ大問題だ。慌ててふたりで路地から出ると、

「ああ、いたいた。若い人も行くでしょ、カラオケ」

と強引に誘われたので、涼子と苦笑しながら一緒について行くことにした。

3

その二日後のことである。

仕事終わりにいつもの居酒屋に行くと、カウンター席に小泉がいたので、ギョッとしてしまった。

「おう、恭介っ」

小泉はいつもの満面の笑みで、隣に座れと手招きする。

(き、気まずいな……)

彼の奥さんとキスをして、さらに胸まで揉みしだいたのだ。

しかも舌を入れた激しいキスだった。

「ど、どうも……」

普段どおりに振舞おうとすればするほど意識してしまう。

生ビールを注文して乾杯しても、笑顔がうまくつくれない。

「どうした、なんかあったか？」

何かを感じとったのか、小泉が訊いてきた。

「い、いや、別に。なんでもないっすよ」

あははと笑うものの、どうしても涼子の顔がちらついてしまう。

(早めに退散した方がいいな……)

とは思うものの、来たばかりですぐ帰る訳にもいかず、とりあえず当たり障りのない話に終始した。

「盛況だったなあ、今年の夏祭りは」

カウンターの向こう側で、居酒屋の大将が焼き鳥をあぶりながら言った。

「そういや商店街の連中で打ち上げしたんだよな。俺も行きたかったなあ」

小泉がビールを呷《あお》りながら言う。

恭介の箸《はし》が止まる。親父さんは続けた。

「そういや、おまえ来なかったなあ。涼子ちゃんは来てたけど」

「ゴルフに行っててさあ。泊まりだよ、泊まり」

小泉がスイングをするまねをした。

(あの日、小泉さん、いなかったのか……)

涼子がやけを起こしていた理由は、もしかしたら旦那の不在も関係していたのかもしれない。

それにしても、あの日の涼子はおかしかった。

やけに積極的だったし、何よりも《私と……したくないですか？》と、完全に誘惑してきたのだ。

「そういや、涼子ちゃん、結構飲んでたぞ。なあ恭介」

大将に話を振られて、ビールを噴《ふ》きそうになった。

「そ、そうっすね。確かに」

「へえ、そうなんだ。あいつ、ウチではあんまり飲まないんだけどな」

小泉は身体を揺らしながらビールを呷る。

「涼子ちゃん、いい女になったよなあ。昔は男の子みたいだったのに」

大将が汗を拭いながら言う。

「そうかねえ」

「そうだよ。色っぽくなったじゃねえかよ。器量も気立《きだ》てもいい。そういや、子どもはどうすんだよ」

「どうかなあ。最近、アレをする気になんないんだよな」

小泉が苦笑いした。恭介は目を丸くする。

（涼子ちゃん……セックスレスだったのか……）

もしかして涼子がおかしかったのは、そのせいなのか？

「する気になんないって、バチがあたらあ。なあ、恭介」

大将が笑う。恭介は笑えないが、笑顔をつくった。

「そ、そうですよ。美人だし」

「んなことないだろ。ウチん中じゃ結構キツいんだぜ」

酔っ払った小泉がそのまま奥さんの愚痴をこぼし始めた。恭介は聞きたくもない愚痴を延々と聞くはめになった。

今夜は小泉のことが、ちょっと嫌いになっていた。

しばらくすると、小泉の目がとろんとし、ろれつもまわらなくなってきた。

とはいえ、酔った小泉をそのままにしてはおけず、ふらつく小泉を時々軌道修正させながら小泉の家まで送り届けることになった。

「おーい」

和菓子屋の前で小泉がインターフォンに向かって叫ぶと、店の明かりがついて涼子が引き戸を開けてくれた。

「ごめんなさい、恭介さん……送ってくださったのね。あーあ、もう、こんなに酔っ払って」

涼子が小泉の背中をさすっている。

（おいおい、いつもこんな格好なのかよ、涼子ちゃん）

意識しないようにと自分に言い聞かせてきたのだが、だめだった。

涼子が着ていたのは薄いタンクトップに、下は超ミニのホットパンツという露出度がかなり高めの格好だったのだ。

（なんてエッチな部屋着なんだよ……）

いきなり涼子の白い太ももやら、二の腕やら肩やら、さらには胸の丸みも拝めてしまったので、ドキッとしてしまう。

彼女もこの格好で出てきたことを、意識していたようだった。

ちらりとこちらを見ては、恥ずかしそうにタンクトップの胸元を手で隠すようにしている。

（まさかノーブラなんじゃ……？　この弾むようなおっぱいの揺れ具合は、ブラジャーをしてないよな）

先日の胸の感触を思い出してしまい、身体を熱くする。

さらにホットパンツ姿もやばい。

こんなに短かったら、隙間からパンティが見えてしまいそうだ。

（きわどすぎるっ。旦那のいる前でエッチな目で見ちゃうよ）

そう思いつつ小泉を見れば、彼はそれどころではないようで、柱にしがみつきながら、

「うえっ、気持ち悪……」

と、吐きそうになっている。

「ちょっと！」

涼子が奥に連れて行こうとするのだが、小泉はふらついてうまく歩けない。

「小泉さん、つかまって」

このまま置いて帰れないなと、恭介は小泉に肩を貸して奥に入っていく。

苦労して靴を脱がせてからトイレに連れていくと、小泉はすぐに便器の中に顔を突っ込み、嘔吐《おうと》した。

「大丈夫なの？　もう……」

涼子はやれやれと言いながらも、旦那の背中をさすっている。

（やっぱり夫婦だよなあ……）

微笑ましくありつつも、やはり涼子の格好に目がいってしまう。

しゃがんでこちらに尻を向けたので、超ミニのホットパンツの隙間から、ちらりとピンクのパンティが見えた。

いやらしい目でついつい涼子を見ていると、ようやく小泉がふらふらと立ち上がった。

「だ、大丈夫ですか？」

「らいろーぶ」

ろれつが回っていなくて、完全に酩酊《めいてい》状態だ。

涼子がやれやれと腰に手をやる。

「あなた、二階に行きましょう」

と、涼子は小泉の手を引くものの、やはりうまくいかないので恭介もまた肩を貸して、ようやく二階の寝室のベッドに小泉を寝かせた。

ふたりで部屋を出て、同時にハアと安堵《あんど》のため息をつく。

「あんなに酔ってたなんて……ごめん、早く帰すべきだった」

恭介は額《ひたい》の汗を拭い、シャツの胸元をつまんで風を入れる。

「いいんです。どうせ帰ろうって言っても、帰らないんだから」

階段を一緒に降りながら涼子が言う。

涼子を見て、恭介は焦った。

いつの間にか涼子の着ているタンクトップも汗で濡れていて、胸のふくらみの頂きにぽっちが浮いていたのだ。

（乳首が……ノーブラの乳首が……）

彼女がハッと気付いて自分の胸を見るも、隠そうとはせずに、

「家ではブラつけてないんです。気になります？」

と、からかうように言ってきたので、恭介は息を呑んだ。

「え！　い、いや……その……」

「ウフフ。気にして欲しいんだけどな……」

上目遣いに見つめてきながら、涼子がタンクトップの胸元を指でつまんで、一瞬だけ横にズラした。

（あっ……）

白いおっぱいと乳首が露出する。

張りのある美しい乳房に、透き通るようなピンク色の小さめの乳首だ。

「なっ……」

あまりに突然のことで、言葉が出なかった。

ほんの一瞬だけのイタズラだ。涼子はクスクス笑いながら、ぴたりと身体を寄せてきた。

（お、おっぱいっ……ノーブラのおっぱいが当たってる！）

どういうつもりだ。

慌てていると、彼女は舐めるような視線をよこしてきた。

「……ねえ、一昨日の続き、しませんか……打ち上げの続き、ふたりだけで……」

二階には旦那がいる。

酔っ払って寝ているとはいえ、いつ起きてくるかわからない。

だけど目の前には、ノーブラの可愛い人妻がいる。

「い、いやその……」

「夫のことはいいの……。というか、ちょっと復讐したい気分なの」

小泉が居酒屋で、涼子の愚痴を言ってたのを思い出した。

聞いていて、小泉の方が悪いということが、いくつもあった。

きっと涼子はしいたげられているに違いない。

（小泉さんが悪いんだ、こんなに可愛い女房を無下《むげ》に扱うから）

ならばと、震える手で涼子を抱きしめる。

「うれしい……」

腕の中で涼子が見上げてくる。

「私の初恋の人って、ホントなんですよ。一度でいいの……」

健気な言葉が、理性を吹き飛ばした。

「涼子ちゃん……」

どちらからともなく唇を重ねると、すぐに舌をからめるような、いやらしいディープキスになる。

「うふん……んううん……」

ねちゃ、ねちゃ、と唾の音が立ち、甘い呼気《とき》や柔らかな唇の感触を楽しんだあと、キスをほどいてじっと見る。

「だ、大丈夫かな、小泉さん」

「うん……酔って寝ちゃうと朝まで起きないから……ねえ、こっちに……」

涼子に手を引かれて、リビングのソファに並んで腰を下ろす。

「い、いいんだね」

訊くと、涼子は頷いた。

恭介はささやいた。

「服を脱いで……」

「え？　あ、う、うん……」

涼子は一瞬、驚いたように目を見開いた。

おそらく脱がせてもらえると思っていたのだろう。

だが、恭介は手を出さなかった。

小悪魔のように誘惑してきた彼女を、逆に恥ずかしがらせたい。

じろじろ眺めていると、涼子はタンクトップの裾に手をかけた。

しかしだ。

涼子はそこで手を止めて、こちらを恨めしそうに一瞥《いちべつ》する。

（さすがに自分から裸になるのは恥ずかしいのか……）

ニヤリと笑うと、彼女は挑戦的な目をして開き直り、思いきりタンクトップをめくり上げた。ぷるんと愛らしいふくらみが露わになる。

（おおうっ……美乳だ……）

ツンと上向いた乳房は美しい形をしており、乳首は透き通るような薄ピンクだった。しかも、胸の谷間が汗ばんでいる。なんとも言えず、悩殺的だった。

「やんっ」

じっと見ていたからだろう。

涼子は両手で自分の身体を抱きしめた。

大胆に迫ってきたのがウソのようだ。人に命令されるのは苦手らしい。

「隠さないで。キレイだよ。よく見せて」

そのままソファに押し倒して、両手をバンザイするように押さえつけて、桜色の乳首に口をつける。

「ぁあああん……だめぇ」

涼子が顔を真っ赤にしてイヤイヤする。

両手を押さえつけているから、涼子は身動きがとれずに身悶えている。それが、ちょっとSっぽくて興奮する。

（これは燃えるな……）

乳首を舐めしゃぶり、チュッ、チュッと吸い立てれば、

「ンンッ……あーッ……あっ……はあっ……いやんっ……やあああァァ……」

と、ホットパンツの腰をもどかしそうに動かしてくる。

「下も脱いで」

覆い被さるのをやめてからさらりと言うと、今度は首を横に振った。

「いやなのかい？」

彼女は下唇をギュッと噛んで、見つめてきた。

「どうしてそんな、恥ずかしいことばかり……」

「可愛い涼子ちゃんを辱《はずかし》めたいんだよ」

われながらスケベだと思う。

彼女はイヤイヤした。でも瞳が潤んでいる。

(無理矢理されるのが好きなのか?)

先ほど涼子の両手を押さえつけたら、瞳がじゅんと潤んでいた。

もしかしたらと思いつつ、恭介は重ねた涼子の両手首を左手で押さえつけつつ、右手で超ミニのホットパンツのファスナーを下ろし、前ボタンを外して脱がしにかかる。

さらに押さえつけながらホットパンツを抜き取って、ピンクのパンティ一枚の悩ましい格好にさせた。

「い、いやっ……」

恥ずかしがる涼子を尻目に、今度は両足をつかんでM字開脚させた。

「あああ!　恭介さん……ッ……い、いやっ、いやよ、こんな格好……」

いわゆるまんぐり返しだ。

涼子は恥じらい、逃げようとするものの、恭介は太ももをつかんで動けないようにしつつ、ピンクのパンティを見やる。

「いい眺めだよ。恥ずかしがってる姿が可愛い」

「ああん、やめて……」

「あんまり大きい声を出すと、小泉さんが起きちゃうよ」

股間越しに、しっ、と人差し指を立ててみせると、涼子は唇を噛んで顔を歪める。

その口惜《くや》しそうな表情から、股間にぴっちりと食い込んだパンティに視線を移すと、生々しい獣じみた匂いがツンと漂ってきた。

パンティのクロッチに触れると、すでに湿ったような感触がある。

さらにゆっくり前後にさすると、パンティにじんわりと舟形のシミが浮き立って、コットンの薄い生地越しにも媚肉の熱い疼きが伝わってくる。

「ああ……いや、やめて……恭介さん、だめっ……」

涼子が悩ましい声を漏らして腰をよじらせた。

4

「いやっ……いやっ……」

汗まみれの人妻は、パンティ一枚の姿で、まんぐり返しという恥ずかしい格好をさせられて泣き顔を見せていた。

リビングのソファの上で、シミつきパンティをじっくり観察されながら、いじくり回されている。それでも身体は、もっともっと、というように腰をひくひくさせていた。

（やはり、無理矢理されるのが嫌いじゃないんだな）

シミつきパンティ越しに見える涼子は顔を横にそむけている。

「涼子ちゃん、いい匂いだよ……たまらないよ」

見せつけるように、くんくんと鼻を鳴らすと、

「んっ……んっ……だめっ……ああっ、お願い……許して……」

涼子はつらそうな表情で、こちらを見上げてくる。

「許してなんて言っても、ほうら、シミはどんどん広がってくよ」

さらにシミの中心部に、チュッとキスすれば、

「あううっ……！」

と、まんぐり返しの不自由な姿勢で、涼子が顎をせり上げる。

熱く火照ったパンティのクロッチを貪《むさぼ》り、チュウチュウとシミを吸い立てると、

「いやああん、エッチ……ん……んんッ……」

蜜がどんどんあふれてきたのか、パンティを湿らせていく。

「もうパンティがぐっしょりだ。この中はどんな風になってるのかな」

恭介がクロッチに指をかける。

涼子はまんぐり返しのまま、目尻に涙を浮かべてイヤイヤし、

「ああんっ、見ないで……こんな格好のまま、見ないで……いじわる、いじわるだわ……」

「いじわるにもなるよ。涼子ちゃんがこんなにエロいんだから」

言葉で責めれば彼女は感じる。

ならば、とことん辱めて感じさせたかった。

自慢できるほど経験があるわけではないが、先日、千鶴と交わったことで、久しぶりにカンのようなものを、取り戻せたのも確かだ。

「ほうら……見るぞ、涼子ちゃん」

スケベ親父になりきって、こってりいやらしく煽りつつ、パンティの股布に引っかけた指を横にずらす。

「あああっ……！」

涼子が戸惑いの声をあげ、顔を左右にを振っていやいやした。

可愛い人妻をまんぐりM字開脚にしたまま、パンティをずらして女の恥部を丸出しにした。

肉土手は厚みがあって、ふっくらしている。

亀裂は小ぶりだが、花びらはわりと大きめだ。薄桃色《うすももいろ》の内部は蜜まみれで、ぬらぬら輝いている。

誘うように肉襞《にくひだ》が、ひくひくうごめいているのもたまらない。

「エロいおまんこして……」

いよいよ禁断の恥部に顔を近づけ、勢いよく女の亀裂を舐め上げた。

「ああんっ……それ、だめっ……やっ、ンッ、んっ……！」

舌を這わせた瞬間に、まんぐり返しの丸まった身体がビクンと震えた。

さらに蜜をすくうように薄桃色の粘膜を舐めると、

「くううう！　あああんっ……あっ……あっ……」

涼子は喜悦と恥じらいが入り交じったような声を漏らし、ムッチリとした白い太ももをぶるぶると震わせる。

（ツンとする味だ……匂いも強いし……でも、すごく興奮するっ）

彼女は顔をそむけていた。

自分の性器が舐められている様子が、丸見えだからだ。

「ほらほら、もっと舐めるぞ」

煽りつつ、さらにねちっこく舌を使い、愛液で口のまわりをびっしょりと濡らすほどに舐め続ければ、

「ああ……はああ……はあああ……」

いつしか涼子は、抗《あらが》うことを諦《あきら》め、喘ぎまくっていた。アーモンドアイがとろんととろけて今にも泣き出しそうだ。

（ようし……）

もっともっと感じさせようと、懸命に舌を使い、さらに上部のクリトリスをチュッと吸ったときだ。

「ひゃあっ……それだめっ……ああん、そこはだめなのッ……」

涼子が真っ赤な顔をこれ以上なく激しく振って、イヤイヤをした。

「だめ？　ホントは感じてるんだろう？」

「そ、そうなんだけど……はあっ……！　ああんっ……だめっ……ああっ……」

いよいよ涼子の表情が切羽詰《せっぱつ》まってきた。

やはりクリトリスが感じるのだ。

恭介は舌をすぼめて、繊毛《せんもう》に鼻がつくほど奥まで差し入れると、

「う……くぅぅ……ああんっ、あぅぅ……だめっ、これ以上されたら、ああんっ、くう、ううっ……」

と、涼子はいよいよどうしたらいいのかわからないという様子で、まんぐり返しのままガクガクと震えている。

もっとだ。もっと感じさせたい。

ぬぷぬぷと音が立つほど舌を出し入れさせ、さらにはクリトリスをべろべろと舌で刺激してやる。

「ああああっ、いやっ！　いやあああ！」

寝ている旦那に聞こえそうだが、もうそんなことにはかまっていられない。

涼子の太ももを押さえつつ、舌先でクリを刺激したそのときだ。

「あんッ、ああっ、イッ、イクッ……」

涼子は、ぶるるっ、と腰を大きく戦慄《わなな》かせて、まんぐり返しのまま全身を強張らせるのであった。

5

「ああん……いやって言ったのに……」

まんぐり返しから解放された涼子が、パンティ一枚でソファに座って涙ぐんでいた。

「初めてかい？　その……達したの……」

涼子は唇を噛んで、小さく頷いた。

「こ、怖かったんだから……私、あんな風になったことないし……」

えっ、えっ……と、肩を震わせて嗚咽《おえつ》し始めた涼子を見て、恭介は慌てて抱きしめて頭を撫でてやる。

「ご、ごめんな」

謝ると、涼子は拳で小さく胸板を叩《たた》いてくる。

「……キライ」

と言いつつ、涼子は恭介のベルトを外し、ズボンを脱がせにかかる。

「お、おい……何を……」

ズボンと下着を下ろされると、ぶるん、とバネ仕掛けのような屹立が飛び出してきた。

すでにガマン汁で、先がぬるぬるしている。

「やだ……」

カチカチになった勃起を見て顔をそむけた涼子だったが、恥ずかしそうにしながらも立ち上がると、濡れたパンティを足の爪先から抜き取って、一糸まとわぬヌードになった。

「えっ……?」

「今度は私の番。恭介さんのこと、襲っちゃうから……」

ソファに座る恭介の腰の上に彼女はまたがってきた。

(騎乗位、じゃないな、対面座位だ!)

恭介はしたこともされたこともなかったが、AVで見て試したいと思っていた体位だった。涼子は恥じらいつつ、濡れた亀裂に切っ先を当てがった。

「んんんっ……」

そのまま腰を落としてくると、

「んんっ……あああんっ……か、硬いっ」

涼子は顎をさらしながらのけぞり、身体を強張らせる。

感じているのだろう。

瞼をほとんど落としきって、細めた目がドキッとするほど悩ましい。

「くうう、エロい。涼子ちゃん、なんてエロいんだよ……」

根元まで涼子の体内に入ってしまうと、猛烈な気持ちよさが襲ってきた。

これだけ濡れていたら、奥まで抵抗なくズブズブと入っていく。それでいて強烈な嵌入感《かんにゅうかん》があって締《し》めつけてくるのだ。

涼子をギュッと抱きしめていないと、おかしくなりそうだった。

「ううっ……た、たまんないよっ……涼子ちゃんの中、あったかい……」

締めるだけではない。媚肉が、ぎゅっ、ぎゅっ、と分身を搾《しぼ》るように包み込んできて、射精をうながしてくるのだ。

（き、気持ちよすぎるっ……気を抜くとあっという間に出ちゃいそうだ……！）

ハアハアと息を荒らげつつ見れば、目の前の涼子も眉間に縦ジワを刻み、眉根をハの字にして泣き顔を見せている。

「あぁんっ……すごい……だめっ……あぁんっ……だめぇ……」

恭介の腰に乗って全体重を落としきると、涼子は恭介の首に両腕を巻きつけてしがみついてきた。

(うぷっ！　お、おっぱいが……)

根元までつながった一体感も素晴らしいが、たわわなおっぱいに顔を埋めて、抱き合うという、男にとっては夢のシチュエーションだった。

(くうう……対面座位、最高……)

腰を動かすたびに尿道が熱くなっていくものの、動かずにはいられなかった。

涼子の尻たぶをつかんで、ぐいぐいと下から突き上げると、

「アアッ……ああ……いきなり、そんなっ……！」

涼子が戸惑いの声をあげて、ロデオの馬に乗ったカウボーイのように、恭介の目の前で大きく揺れる。

形のよいおっぱいが弾んでいる。

そのせり出した乳首にしゃぶりつき、さらに腰を下から突き上げると、

「あぁん、はあぁあんっ……」

涼子は甘い声を漏らして、さらに強く、落ちないようにしがみついてくる。

素晴らしかった。まるで天国だ。

恭介はソファに座ったまま、涼子の尻たぶに指を食い込ませて、腰の上で跳ねさせるようにしたたかに打ち上げ続ける。

すると、

「あんっ……あああんっ……あんっ……ッ！」

いよいよ涼子が髪を振り乱しながら、色っぽくヨガり始めた。

目の前で上下に揺れる涼子が、ハアハアとセクシーな吐息をひっきりなしに漏らし、とろんとした目で、視線を宙に彷徨《さまよ》わせている。

「いい？　気持ちいい？」

涼子の表情がハッとなって、しがみついたまま頷いた。

「あんっ……恭介さん、いい、気持ちいい……奥まで、奥まできてるの……」

泣きそうになりながら、むしゃぶりつくようにキスしてきた。

「ううんっ……ンううんっ……むうう……むふんっ……」

息もできないほど、互いに激しく口を吸い合い、舌をからませる。

同時に、ぬんちゃ、ぬんちゃ、と結合の卑猥な音が響くほど、猛烈に腰を突き上げる。

「んんっ……あううんっ……だめっ……だめっ……私、こんなになったことないっ……ああんっ……とろけちゃいそう……」

キスを無理にほどいた涼子が、感極まった声をあげる。

対面座位で抱っこしながら、ふたりがとろけ合っているときだった。

二階でガタッと音がして、恭介は腰を動かすのをやめて、涼子と顔を見合わせた。

6

「……小泉さん、起きたんじゃ」

「そ、そんなことないと思うけど……」

しかし、階段を降りてくる音がしたので、恭介はパニックになった。

(まずいっ！　まずい、まずいっ……)

こんなところを見られたら、間違いなく破滅だ。

恭介は涼子に挿入したまま立ち上がると、駅弁ファックの要領で涼子を抱きかかえて必死に歩き出した。

火事場の馬鹿力、というやつだ。

「ど、どこにいけばいい？　あっ……風呂っ、風呂場は？」

「そ、そっちのドアを開けると廊下で、その突き当たりっ」

涼子を抱いたまま言われたとおりに廊下に出て、突き当たりのドアを開けると、そこは洗濯機の置いてある脱衣場だった。

左手に磨《す》りガラスのドアがある。ここが浴室なのだろう。駅弁スタイルのまま浴室のドアを開け、涼子を抱っこしたまま浴槽の縁《へり》に腰掛けたときだった。

「あー、風呂か」

小泉の声が聞こえ、磨りガラスにシルエットが見えた。

このガラス戸を開けられたら一巻の終わりだ。

（も、もうだめだ……）

緊張で心臓が飛び出しそうだった。

いや、その前に、リビングには脱いだ服が散らかっている。

絶体絶命だ。

「いやー、飲んら飲んら」

小泉の声の感じから、まだ酔っているように思える。

涼子は対面座位の格好のまま手を伸ばして、シャワーの栓《せん》を捻《ひね》った。

温かいお湯とともに、細かな水の音がバスルームに響く。

「あ、あなた……私、シャワー浴びてるから、ちょっと待ってて」

涼子がそう言いつつ、恭介に耳打ちしてくる。

「彼のあの声……あの人、まだ酔ってて記憶がないと思う。静かにしてればやり過ごせるから」

恭介は唾を呑み込み、こくこくと頷いた。

今はその言葉を信じるしかない。

「あー、頭痛ぇ。恭介は？　もう帰った？」

小泉が訊いてくる。

「え、ええ……私だけよ」

浴槽の縁に座り、対面座位でふたり抱き合いながら涼子がしれっと言う。

涼子の心臓の音が聞こえてきそうだ。いや、おそらくこっちの心臓の音も聞こえているであろう。

それほどまでに緊張し、ふたりの全身がじっとり汗ばんでいく。

じっとしていると、小泉の声が聞こえなくなった。

シルエットもなくなっている。

「出てったかな……？」

「多分。でもまだ二階には上がってないと思う。リビングかな……」

小声で会話しながら、涼子は恭介の身体から降りようとしたので、そのまま抱擁を強めていく。

「えっ……ど、どうしたの？」

涼子が狼狽《うろた》えた声を出す。

その間にも涼子のおっぱいが揺れている。

だめだ。

もう一刻もガマンできなくなってきた。

「……降りないで。したいんだ、最後まで」

小声で言うと、涼子が真っ赤になって「え？」と、困惑した顔をする。

「だ、だめっ……だって……あの人が、あの人がまた戻ってきたら……」

「声を出さなければ、大丈夫なんだよね」

言いながら下から軽く突き上げた。

「やっ！　んんんっ……」

涼子が唇を噛みしめ、声をガマンしつつ、イヤイヤした。

聞かれてはまずいと、必死に歯を食いしばっているようだが、さらに恭介がゆっくりピストンすると、

「だ、だめですっ……私、声なんかガマンできない……ンンッ！」

涼子はそう言いつつも、このスリルを楽しんでいるのか、膣がキュウと搾り立ててくる。

「ああん、お願い……だめっ……だめっ……」

上に乗ったまま、涼子はイヤイヤするものの、それでいて彼女の方から腰を使ってきた。

「だめって言っても……ほら、涼子ちゃんの腰がこんなに動いてるよ……すごく締まってきてる……」

言うと、涼子は顔を紅潮させて、

「だ、だってぇ……ゆっくり出し入れされるのって気持ちよくて……オチンチンをすごく感じちゃうの……んっ、いやっ、もうだめっ……声がっ……ああんっ」

涼子は片手の甲で口元を押さえながら、

「ンッ……ンッ……」

と、湿った声を漏らし、もう片方の手を恭介の首に回してしがみついてくる。

（声をガマンしてる涼子ちゃん、可愛いな……最高に興奮する……）

旦那がいつ戻ってくるかわからないような場所で、浴槽の縁に座りながら、その妻を犯しまくっている。

しかも音が聞こえてはいけないと、スローで腰を動かしているせいで、じっくりと涼子の膣内を堪能した。

（涼子ちゃんも楽しんでる……こ、このまま最後まで……）

いけないのはわかっている。だけど腰はもう止まらない。

静かに突き上げると、

「ンフッ……ンンッ……ンンッ」

しがみついたまま、涼子が口元を手で隠しながら大きくのけぞる。

そうしてまた、恭介の耳元に口を寄せて、甘えるように言う。

「だめっ……恭介さん、だめっ……イッちゃう……」

先ほどよりも強く、涼子の腰がうねってきている。

本当にアクメするらしい。

「いいよ、イッて」

涼子の耳元でささやくと、彼女はイヤイヤと顔を左右に振りつつも、

「ああん、イク……ダメッ、ホントにイッちゃうよ……」

言いながら、涙目で見つめてくる。愛おしかった。イカせたかった。

恭介はスローピストンで、ぬちゃ、ぬちゃっ、と粘っこい淫汁《いんじゅう》の音を奏でながら、じっくりと性器と性器をこすり合わせる。

すると、涼子は手で口元を隠しつつも、

「あっ、ダメッ……ああんっ、イクッ……イッちゃうぅ……！」

甲高《かんだか》い声で叫んで、激しくのけぞった。

その動きに呼応して、涼子の膣がキュウと締まる。

こちらも限界だ。切っ先に一気に熱いものがせり上がってくる。

「ああ……俺も……」

抜こうとしたときだ。

涼子がギュッとしがみついてきて、

「ねえ……ちょうだい……中に出していいよ……大丈夫な日だから」

潤んだ目を向けてくる。

そう言われて、恭介も覚悟を決めた。

涼子の奥を突き上げたときだった。

「くっ、ああ……ごめん、出る……出るよっ……」

恭介は謝りながらも、涼子の膣内に、どくっ、どくっ、と注ぎ込んだ。

（はああ……き、気持ちいい……）

脚にも手にも力が入らなくなり、浴槽の縁での対面座位のまま、涼子にしがみつき、射精を続ける。

「あんっ……すごいいっぱい……恭介さんの熱いのが……ああん、また、またイクッ……ああ……」

涼子はまた絶頂に達したのか、腕の中で何度も、ビクン、ビクンと痙攣した。

（ああ……最高だ……これが人妻じゃなかったならなあ……）

涼子や千鶴とのセックスは抜群によかった。

これからもしたいと思うが、恭介ももう三十六だ。

いつまでもこんなことばかりしてはいられない。

ちゃんと彼女をつくりたいなと、恭介は射精しながら改めて思うのだった。

第三章　友人の姉はバツイチ美女

1

次の日の夕方。

月曜は定休日なので、恭介は一日中、二階の自室のベッドでゴロゴロしていた。

《だめっ……恭介さん、だめっ……イッちゃう……》

《あんっ……すごいいっぱい……恭介さんの熱いのが……ああん、また、またイクッ……ああ……》

涼子がイッたときの泣き顔、そして甘えるようなアクメ声……。

思い返すたびに股間が硬くなっていく。

千鶴と涼子。

立て続けにいい思いができて、地元浜松に戻ってきてよかったと恭介は思い始めていた。

しかしだ。

残念なことに、ふたりとも人妻である。夫婦仲はあまり良くはないみたいだが、それでも離婚して恭介と再婚するなんてことにはならないだろう。

(本気で婚活しないとなあ……)

ベッドで寝転がりながら何気なしに腹をさする。

気がつかないウチに、ちょっと腹が出てきたような気がする。

立ちっぱなしの仕事ではあるが、そこまで重労働ではない。

運動不足は感じていた。

「もう三十六か……」

ぼんやりと口にしてみる。

子どもの頃はあんなに一年が長く感じたものだが、三十を過ぎると月日の経つのが早く感じる。

この調子だと、あっという間に四十になってしまいそうだ。

痩《や》せれば必ずモテるというわけでもなかろうが、スポーツジムにでも通って身体を鍛えてみようか。

そんなことを考えつつも、まだゴロゴロしていたときだ。

外から子どもの声が聞こえたので、窓から覗いてみる。

小さな男の子が中庭でボールを蹴っている。ウチの中庭は広くて平らだから、確かに子どもが遊ぶには持ってこいだが、一体どこの子だろう。

とりあえず一階に降り、サンダルを履《は》いて庭に出たら、親父が小さな子どもの頭を撫でていた。

「誰だよ、その子」

あくびしながら訊けば、親父は禿《は》げてきた頭をさすりながら目を細める。

「駅前のカルチャーセンターで会った子でな」

「カルチャーセンター？」

ああ、そうだ。

親父は自治体の「ものづくり教室」なるものに参加して、この辺りの子育て世代の親子にものづくりを教えている。しめ縄づくりとか、そういう類《たぐ》いだ。

「そのカルチャーセンターで知り合った子が、どうしてウチにいるんだ？」

ボールを蹴って遊んでいた親父が、ニヤけた顔をこちらに向ける。

こんなに子ども好きとは思わなかった。

「そこに、Y田団地ってあるだろ」

「ああ、あるな。デカい団地な」

「そこの子なんだが、団地に隣接している公園でボール遊びが出来なくなったらしくてな。だったらウチの庭で思う存分蹴ったらええと言ったんだ」

どういう風の吹き回しだ。

親父が他人に対して、そこまで親切にするなんて珍しい。

そんな会話の最中、白いワンピースを着た女性が近づいてきた。

女性が申し訳なさそうに頭を下げる。

「申し訳ありません。岡野さんのご厚意に甘えてしまって……雄《ゆう》くん、ちゃんとご挨拶した？」

その雄くんと呼ばれた子は女に駆け寄ってから、こちらを向いて、

「こんにちはー！」

と、元気よく挨拶をした。

（なるほど、これか……）

恭介も「こんにちは」と男の子に返事してから、女性を見た。

色白の美人である。

切れ長の涼《すず》やかな目で、鼻筋の通った端整《たんせい》な顔立ち。

さらさらとした漆黒《しっこく》のストレートヘアに、すらりとした細身のスタイル。

落ち着いた大人の女性だが、どこか幸薄《さちうす》そうで、男が守ってあげたくなるタイプである。

(ったく、親父は美人に弱いからな)

恭介も頭を下げた。

「岡野……恭介と言います。息子です」

「白石季実子《しらいしきみこ》と申します。すみません、子どもがどうしてもボールを蹴りたいと言ってきかなくて。失礼だとは思ったんですが……このへん、小さな子どもがボールを蹴って遊べる場所がなくて」

「そうですよねえ、川っぺりの公園もボール蹴れないし」

「この子、今は保育園で……来年小学生になるんですけど、そうなれば学校のグラウンドとかで遊べるようになると思うんですけど」

季実子がわが子を見て目を細める。

(子どもが来年、小学生……というと二十代後半、いや三十代かな、落ち着いた雰囲気だし)

人妻じゃなかったらなあと、ほっそりした腰つきを見る。

スレンダーだけど、尻は意外とデカい。薄手のワンピースの尻が悩ましい盛りあがりを見せていて、かなりエロい。

バストは小ぶりだが、充分に女らしい丸みがある。

ふいに季実子がこちらを向いたので、恭介は慌てた。

「あの……岡野さん、今日はお仕事、お休みですか？」

「ああ、俺……板前なんです。向こうの商店街のあら浜魚一っていう寿司屋で働いていて、月曜日が定休なんです」

「ああ、だから……私も月曜が休みなんです。この先の服部《はっとり》美容室で働いていて」

「ああっ、あそこの美容師さんなんですね」

なるほど、身なりがキレイなのは美容師だからか。

「大変ですね、子どもさんがまだ小さいのに。あれ？　でもあの美容室、けっこう遅くまでやってたような……普段の子どものお迎えは旦那さんが？」

訊くと、わずかに季実子は眉を曇らせた。

「いえ……あの……夫は亡くなってるので……」

「えっ？」

思わず彼女の指輪を見てしまった。

季実子は恭介のその視線に気付いていて、指輪をさすりながら寂しそうに笑う。

「あっ……これ……ついつい外すタイミングがなくて……」

「すみません……余計なことを訊いてしまって……」

頭を下げると、しかし、季実子はにっこりと笑ってくれた。

「いいんです」

彼女は言葉少なに、わが子を見る。

なるほど、どことなく彼女に翳《かげ》があるような気がしたのは、未亡人だったからか。

（まだ若いのに……）

気の毒だなと思う反面、申し訳ないが急に気持ちが高揚《こうよう》してきた。

未亡人ということは、一応はフリーということだ。

もちろん彼氏がいるかもしれないし、何より自分に興味を持ってくれるかどうかすらわからない。

それでも可能性はゼロではない。

「あの、よかったらいつでもこの中庭使ってください。俺がいなくても、親父がいるだろうし……」

「ありがとうございます。いいんですか？」

「いいですよ、もちろん。俺も子どもが好きですから」

とりあえずきっかけはつくれた。

あとは少しずつ距離を縮めていけば……。

「あのう、もし差し支えなければ、毎週月曜日、保育園の帰りに寄らせてもらってもよろしいですか？」

毎週休みの日に季実子に会える。

願ったりかなったりではないか。

しばらく、ふたりで縁側に座って、親父と季実子の子のボール蹴りを眺めていた。

まるで孫とおじいちゃんである。

(季実子さんと結婚すれば、ホントに孫と祖父の関係になるんだが)

いかんいかん。

気が早すぎる。と思いつつ、ちらりと彼女を見る。

（今、付き合ってる男はいるんだろうか……）

風が吹いて、わずかに乱れたさらさらの黒髪を手で押さえる仕草が、女らしくてドキッとした。

ちらちらと横顔を見ていたら、彼女と目が合った。

「あの、あら浜魚一でずっとお勤めされてるんですか」

「いえ、この春からだから、まだ四ヶ月くらいなんですけど」

「四ヶ月？　その前は別のお店にいらっしゃったの？」

「東京の寿司屋で働いてたんですよ、でも……」

親父がもう長くないと聞かされて実家に帰ってきたら、死にそうもなくてピンピンしてたと皮肉交じりに言ってやった。彼女がクスクス笑う。

「私も東京で美容師をしてたんです。でも夫が亡くなって、地元に戻ってきて……。今は実家の近くにアパートを借りて、あの子とふたり暮らし。時々、母が子どもの面倒を見に来てくれるんですけど」

「実家が近いといいですね、安心できる」

なるほど、もともとこの辺で育った人か。

ますます親近感が湧いてきた。

しばらく話していると、彼女は恭介のひとつ下の三十五歳だとわかった。隣町の小学校や中学に通っていたらしい。

年齢が近いのはラッキーだった。

「あのお寿司屋さん、私、一度も入ったことないんです。子どもが小さいから入りづらくて」

「白石さんがお休みの日なら、子どもを保育園に預けて……あ、ウチも定休日か」

ふたりで顔を見合わせて苦笑した。

（よし、一度店に来てもらおう）

美味しいもので女性の気を引くのは常套手段《じょうとうしゅだん》である。

2

昨晩から、どうにも落ち着かなかった。

中学生かよ、と呆れてしまうほどに浮かれてしまっていた。

ようやく恋愛対象となる魅力的なシングルマザーと出会えたのだ。

仕込みをしようと裏口に行くと、野菜の入った段ボールを運んでいるエプロン姿の女性がいた。見習いの秋生が手伝っている。

（誰だ？　八百屋さんか……？）

彼女はキャップを目深《まぶか》に被り、パーカにデニムというカジュアルな格好だ。小柄ながらテキパキと段ボールを運んでいた。

視線が自然と豊かな腰つき、そしてデニム生地をパンパンにして、はちきれんばかりのヒップに向いてしまう。

スタイルのいい人だなと思っていたときだ。

「あれ？」

八百屋の女性が立ち上がり、キャップを取ってこちらを見た。

すぐにわかった。

「恭介よね？」

「あれっ、果穂《かほ》姉ちゃん？」

くりっとした黒目がちな大きな目と、ぷるんとした唇は昔のまま。高校生の時以来だから約二十年ぶりか。まったく変わらない。

親友の姉の三崎《みさき》果穂だ。

「あんた、東京に行ったんじゃなかった？」

「ああ……でも親父が倒れたりして、こっちで暮らすことにしたんだけど……あれ？　実家の青果店って秀夫《ひでお》が継いだんじゃなかったっけ」

秀夫というのは、果穂の弟の名前だ。

秀夫とは高校時代、妙に馬が合って毎日のように遊んでいた。近々連絡をして遊びに行こうかと思っていたのに、忘れていた。

「秀は沖縄に行ったわよ。あんた聞いてなかった？」

「沖縄？　ああ、そういえばダイビングのインストラクターをやってるんだっけ」

「そうよぉ。向こうで結婚して戻ってくる気がないから、私が実家の青果店を手伝うことにしたのよ、離婚して暇だし」

「へ？　離婚？」

「そ」

あっさり言われて、恭介は戸惑った。

確かに、姉が結婚したとずいぶん前に秀夫から聞いていたが、まさか離婚していたとは。

「なんだ。岡野さん、知り合いだったんすか」

秋生の頬が赤い。

明らかに果穂を意識している顔だった。

秋生の気持ちもわかる。

果穂は二つ年上の三十八歳だが、高校時代の美少女が可愛いままに成長したような容姿をしていたからだ。

「古い知り合いなんだよ。っていうか、なんで急に仕入れ先替えたんだ？」

「前のところ、たまに古い野菜が混ざってたりしてたんすよね。それを大将に言ったら、じゃあ地元んところの八百屋に替えるかって」

「私のところは、そういうのないから、安心してよ」

ウフッと微笑む果穂は、恭介の目から見ても可愛らしかった。

栗色のショートボブヘアに、猫のようにくりっとした目。

舌足らずで甘えるような声も、あの頃のまま。それに物怖《ものお》じしないギャル気質も健在のような気がする。

「じゃあ、運んじゃうわね」

そう言って裏口から出ていって、また別の段ボールを運んできた。

（スタイルのよさも変わんないなあ、果穂姉ちゃん）

小柄で全体的に細い。

なのに、パーカの胸元は豊かなふくらみを見せている。

だぼっとした服なのに胸の丸みがわかるということは、なかなかのボリュームということだ。女子高校生のときより大きくなっている気がする。

「なあに見てるのよ、ほら確認して」

「はいはい」

果穂の隣にしゃがんで野菜を見る。

すると、果穂からシャンプーか香水かわからないが、甘くて噎《む》せ返《かえ》るような大人の女の匂いがした。

（いい女ってのは、どうしてこう甘い匂いがするんだろう。しかし二十年経っても、果穂姉ちゃん、やっぱり可愛いよなあ、若いし……）

あの頃の甘酸っぱい思い出がふわりと蘇《よみがえ》る。

高校時代、秀夫の家に入り浸《いびた》っていたときも、果穂の可愛らしさにまいっていた。学校でもマドンナ的存在の美少女で、ギャルっぽい言動は生意気といわれていたものの、男子生徒の人気はかなりのものだった。

そういえば……。

偶然、果穂の着替えを覗いたことがあった。

十八歳の成長途中の、みずみずしい身体つきを思い出す。

小ぶりだが、しっかりと丸みのあったバスト。

腰のくびれから急激に広がるヒップライン。

昔からスタイルはよかったが、熟女になった果穂はさらにエッチな身体つきになったようだ。

「いいでしょう、ウチの野菜」

果穂がニコッと笑うと、久しぶりにあの頃のときめきも蘇ってきた。

3

何度か野菜の仕入れで会ううちに、果穂とはいつの間にか高校時代のような間柄に戻っていた。

あの頃、果穂は恭介を完全に年下扱いしていて、秀夫の家に遊びに行くたびに肩を揉めだの、アイスを買ってこいだのパシリにされていた。

好きだったから、恭介は甘んじてその要求を受け入れていたのである。

その日は昼のランチ営業を終えてから、果穂の家の倉庫に行って、野菜の検品に立ち会っていた。

果穂の家は八百屋だが、裏の畑で野菜の栽培もやっている。

畑の横にある大きな倉庫には、取れたての野菜が保管されていて、これからはそれを直接仕入れようということになったのだ。

それで恭介が、どんな野菜があるか確認しにやってきたのである。

倉庫の奥には小さなトラクターがあり、その横に袋詰めされた野菜が無造作に置かれていた。中は薄暗くて初夏でもひんやりしている。

恭介は調理用の白衣ではなく、Ｔシャツにデニムで来たのだが、Ｔシャツだけでは肌寒いくらいだった。

果穂も珍しくＴシャツにタイトスカート姿で、ちらちら見える白い太ももが、寒そうに見えた。

「こりゃいいつくりだね、保存もばっちりだ」

「でしょう？　ちょっと待ってて」

果穂が屈んで、袋の中をごそごそし始めた。

くびれた腰から、丸いヒップがパンパンに張りつめているのが、タイトスカートの上からでもはっきりわかる。

バックから突き入れたくなるほど魅力的なお尻だった。

もしかしたら尻フェチ気味になったのは、初めて見た女性の下着姿が、ナマ着替え中の果穂のヒップだったからかもしれない。

「これとかどう？」

果穂がしゃがんで手招きする。

「どれ？」

隣にしゃがんで袋の中を覗く。

ショートボブヘアから相変わらずいい匂いをさせている果穂が、茄子《なす》を取り出して見せる。

「ほら、いい艶でしょう」

黒光りして少しカーブしているところを、きゅっ、きゅっ、と果穂の右手がこすると、なんだか変な気分になってしまう。

下世話でも、果穂の手つきがいやらしくて笑みが漏れた。

すると果穂が頬を赤らめて、

「なあに？　へんなこと考えてないでしょうね」

と言ってきたので、恭介は、

「だって、いやらしいんだよ、果穂姉ちゃんの手つきが……さすがは元人妻」

と、おどけてみせる。

もうこちらもいい年だ。

憧《あこが》れの人の前でも、それくらいの軽いジョークは言える。

と思っていたら、果穂が茄子を凝視して真顔になったので、ちょっと焦ってしまった。

「ごめん、下品すぎた……」

謝っても、果穂は茄子から目を離さない。

「……セックスレス」

「は？」

なんだ？

一体何を言い出すんだと思っていたら、果穂は恥じらいながら意味ありげな上目遣いを向けてきた。

「前に訊きたいって言ってたでしょ、離婚の原因。向こうが全然そういう気がなくなっちゃってさ……それが続いてたら、なんか普段の生活もうまくいかなくなっちゃって」

果穂がため息をついた。

まさか離婚原因が、そんなこととは思わなかった。

「そ、そうなんだ……」

憧れていた人の生々しい性生活を聞かされて、身体が熱くなる。

「セックスレスかあ……」

「大事よ、そういうのって。なんでも言い合える関係じゃなかったのかもねえ、私たち」

考えてしまった。

なんでも言い合える関係か……。

「なら次の相手は、ずけずけと物が言えるヤツがいいんじゃない？」

恭介の言葉の後に、少し間があった。

「……あんたみたいに？」

「えっ……」

隣にしゃがむ果穂の目が、ちょっと濡れていた。

思わずTシャツの胸に目がいってしまい、果穂がそれに気付いたのか、クスクスと笑う。

「なあに？　今なら私とヤレそうとか思っちゃった？」

ズバリ言われて、心臓が止まりかけた。

「そ、そんなわけ……」

昔のようにからかわれているだけだ。

そう思っていたのに、果穂はじっと見つめてくる。

Tシャツの襟ぐりから、肌色の乳房の谷間が見える。

くりっとした目が潤んでいて、唇が濡れている。

ヤレるかもしれないと思うと、隠さずに本音を言いたくなった。

「お、俺さ……昔……」

「うん」

「結構、その……果穂姉ちゃんのこと、意識してたっていうか、その……」

照れて視線を外した。

果穂がまた含み笑いした。

「私とヤリたくて、言ってない？」

「ヤリ……ホ、ホントだって」

「知ってたわよ」

「へっ？」

あっさり言われて拍子抜けした。

「あのね、思春期の男の子の視線ってホントにやばいんだから。一度あんた、私の着替え、覗いてたでしょう？」

気付かれていたのか……身体が熱くなる。

というより、千鶴のときもそうだが、男の邪《よこしま》な視線というのはわかってしまうものなんだなあと今更ながら反省する。

「いや、それは……」

「言いなさいよ。友達のねーちゃんに欲情してたんでしょ。ウフフ。下着姿の私のおっぱいとかお尻とか見て興奮してたって」

果穂がイタズラっぽい上目遣いをして、潤んだ目を向けてくる。

「し、してた……かも……」

「かもじゃないでしょう？」

「してたよ。それを目に焼き付けてさ……」

「焼き付けて？　それでどうしたのかしら」

果穂が迫ってくる。

黒目が大きくて、可愛らしいあの頃のまんまだ。

茶色のショートボブヘアに、つり目がちの大きな丸い双眸。

猫みたいに愛らしくてキュートな美少女は、二十年経っても変わらずに、それどころか、むしろムンムンとした大人の色香を放って、迫ってきている。

「や、焼き付けて……」

「焼き付けて……エッチなことのおかずにしてたんでしょう？」

はっきりと言われて、身体が熱くなる。

そのときだった。

果穂が艶めかしい目をして、ゆっくりとスカートの膝を開いたのだ。

（あっ！）

息が詰まった。

果穂は恥ずかしそうにしながら、こちらを向いて脚を大きく広げたのだ。

（パ、パンティ、見えたっ……果穂姉ちゃんっ、俺に見せて……）

あのとき。

高校生のときに見た、白いパンティの尻がまざまざと脳裏に蘇ってきた。

初めて見た女性の下着姿……。

「か、果穂姉ちゃん……」

何をしているんだ。

誘惑しているのか……？

真意がつかめずにあわあわしていると、果穂は、

「ウフッ、すけべっ」

と、ささやいて、色っぽい美貌を近づけてきた。

（えっ⁉）

「……ぅんんっ……んふ……」

倉庫の床に膝をつきながら唇を重ねる。

（……果穂姉ちゃんと、ああ……俺、今キスしてる……ッ）

涼しい倉庫の中。

柔らかい唇と甘い吐息、ムンムンと漂う大人の色香……。

ふたり立ち上がって、そのまま果穂の身体を倉庫の奥の暗がりへと誘《いざな》い、夢中で唇を押しつけると、

「んん……んっ……」

果穂が鼻奥からくぐもった声を漏らしながら、激しく呼応してくる。

憧れの女性との情熱的な口づけである。

興奮しきって、おかしくなりそうだ。

（た、たまらないよ……）

唇のあわいにするりと舌先を忍び込ませれば、果穂も舌を積極的にからめてきて、ねちゃ、ねちゃ、と唾液の音をともなうディープキスになる。

（ああ、ぬるぬるして……果穂姉ちゃんの口の中、甘い……）

必死で果穂の口の中をまさぐり、濡れた舌と舌とをもつれ合わせていくと、

「んッ……んッ……」

キスをしながら、果穂の手が首の後ろに回される。

恭介も同じように両手で果穂を抱きしめて、唾液をすすり飲む。

（夢のようだ……果穂姉ちゃんを抱けるなんて……）

キスしながら目を開ければ、果穂は眉間に悩ましい縦ジワを刻み、色っぽい表情で舌を伸ばして恭介の口を一心不乱に吸っているのだった。

4

憧れの人はバツイチで、しかもセックスレス、男に飢えているのだろう。

そこにつけこむような形になってしまっているが、果穂も欲しがっているのだから、これでいいのだ。

恭介は果穂を抱きしめながら昂ぶりを隠すことなく、硬くなった肉棒を果穂の股間にぐいぐいと押しつけた。

「んんっ……ああんっ、恭介のエッチ……」

キスをほどいた果穂が、可愛らしい猫目をとろけさせつつ、色っぽく見上げてくる。

立ったまま抱きしめつつ、胸のふくらみに手を伸ばす。

(た、たまんないよ……)

果穂がビクッとして、ほっそりした顎をせり上げる。

「あっ……」

(あの頃より、おっぱい、大きくなってるな)

ナマ着替えを覗いた記憶では、ふくらみかけのおっぱいで、ブラジャーのカップも小さめだった。

しかし、それから二十年近くも経って三十八歳になれば、胸だって立派に成長していても不思議ではない。

ブラに包まれているふくらみの柔らかさにうっとりしつつ、さらに揉みしだきながら、感じている果穂の顔を見た。

「感じやすいじゃん、果穂姉ちゃん」

昔とは違って軽口を叩くと、果穂は目の下を赤らめながら口角を上げ、股間に手を伸ばしてきた。

「ウフッ……生意気ね。あの恭介が……あんたも私のおっぱい触っただけで、こんなに硬くしてるじゃないのよ。中学生じゃないんだから」

「あのな……俺もう三十六なんだから、子ども扱いすんなって」

「年下は年下でしょう？　あっ、こら……ッ」

Ｔシャツをめくり上げようとすると、果穂は慌てたように抗おうとする。

「自分からパンツ見せといて、今更何だよ」

「だって……なんか恥ずかしいのよ。恭介とこういうことしてるのって……」

わかる気がする。

こっちも照れくさくて仕方がない。

しかし、もう後戻りできない。

ふたりともいい大人だ。

これが冗談ではないことも、わかっている。

「いやじゃないんだよな?」

訊くと、果穂は猫のような目をそらしてから、小さく頷く。

(こういう恥ずかしそうな顔もするんだな……可愛いな)

照れても、ヤリたいのは間違いない。

鼻息荒くTシャツを肩までめくり上げれば、純白のフルカップのブラジャーに包まれたバストが目の前に現れた。

大きいが、わずかに垂れている。

だけど熟女にしては充分すぎるほどの張りだ。

下乳が丸みをつくっていて、いやらしい形をしている。

さらにブラカップをズリ上げれば、桜色の乳輪があった。

人妻だったとは思えぬほど色艶のある小さな乳輪だ。三十八歳とは思えぬ色艶に驚いていると、

「ウフフッ、目が血走ってるよ……」

果穂がからかってきた。

「別にっ、まあまあキレイなおっぱいだなって、思っただけだよ」

「何よ、まあまあって」

「まあまあだよ」

と言いつつも、興奮しているのは間違いない。

美しいおっぱいだった。

それに大きい。

華奢で小柄なのに、ふたつのふくらみだけが、身体のサイズに合っていない。

（これが果穂姉ちゃんのおっぱいか……）

高校時代の果穂を思い出しつつ、乳頭部に吸いついた。

「んふっ……やんっ、がっつかないで……ッ」

果穂がくすぐったそうに身をよじる。

それでもまだ余裕がありそうだ。

こちらの股間に伸ばした手をさわさわと動かしてくる。

恭介は力を入れて果穂の乳房をやわやわと揉みしだき、チュウウと乳首を吸い立てると、

「あんっ……ちょっと……あ、あんッ」

と、甘ったるい声をあげて、果穂が見上げてきた。

眉を八の字にし、切なそうな顔をして悩ましげな吐息を漏らしている。

「感じてるじゃないかよ」

乳首を親指でくりくりと刺激しながら言えば、

「あんっ……うっさいっ……あんっ、うまいじゃないのよ……」

と、ハアハアと息を喘がせながら、潤んだ瞳で見つめてくる。

股間を握る手の動きがさらにいやらしいものになっていく。

（くおおお……も、もうたまらん……）

このまま倉庫の中で押し倒したかった。

だけど下は、打ちっぱなしのコンクリートだ。

千鶴のときと同じように、立ちバックで責めようかと考えているときだった。

果穂のスカートに入っていたスマホが鳴った。

取り出して、表示の窓を見たときに果穂は眉を曇らせた。

「お母さんだわ」

果穂が電話に出ると何かを頼まれたらしく、果穂が「ごめん」と手を合わせたので、がっかりした。

だが、別れ際にチュッと軽くキスしてから、

「ねえ……すぐ戻るから……誰もいないところに行こ」

と甘えられたので、いっとき萎《な》えそうになったものが、またすぐに元気を取り戻すのだった。

5

国道から少し入ったところにラブホテルがあることは知っていた。

クルマで五分のところだが、あまり交通量のない場所だ。

ここなら休憩しても、おそらく夕方の営業までには戻れると思う。

果穂はクルマから降りると、恥ずかしそうに身体を寄せて腕をギュッとつかんできたので驚いた。

「私さあ、こういうところ初めてなの……」

「そうなの？」

じろりと睨まれた。

「なあによ。私のこと、そんなに遊んでるって思ってた？」

「いや、その……高校生のとき、ギャルだったし……」

「あれは、そういう格好してただけよ。あんた、来たことあるの？」

「ないよ」

「でしょうねえ」

ムッとした。

「えーえー、俺は果穂姉ちゃんみたいにモテたことないですよ」

「そうじゃないって。あんた、真面目だったじゃない。高校生のときだって、もっとおどおどしてて……なんか可愛かったわよ」

恭介はじっと果穂の顔を見た。

「……何よ」

「いや、別に」

素《そ》っ気《け》ない態度を見せつつも、内心ドキドキしていた。

少しは気にしてくれていたのだと思うと、うれしかった。

「……私、誰とでも寝ないから……」

「うん」

歩きながらふたりで見つめ合うと、果穂がクスクス笑った。

「あんたといると、年齢を忘れちゃうわ。私、おばさんなのに……」

「若いよ、果穂姉ちゃん。充分に若いよ。同じ三十代だし」

「……そう思うことにするわ」

果穂が笑った。魅力的な笑顔だ。

とにかく今は彼女を抱きたかった。

このときを逃すと、もう抱けない気がした。

フロントで鍵を受け取り、エレベーターに乗ると、果穂は緊張しているようで、さらにギュッと左腕に強く抱きついてきた。

「……恭介とこんなところに来るなんて……なんか、へんな感じ……」

ニヒヒ、と照れて笑う果穂が可愛らしかった。

猫のような大きな目が潤んでいる。

三十八歳の熟女は、美少女のときのまま可愛らしくて、思わず真顔で凝視してしまう。

「俺も……へんな感じ……だけどうれしいよ」

そう言うと果穂は笑い出したりもせずに、背伸びをして唇を押しつけ、まだ部屋にも入っていないのに求めるように舌をからめてきた。

（ああ、ガマンできないんだな……）

男と女の性欲のピーク年齢が、まるで違うのは知っている。

ずっとセックスレスだったなんて、可哀想だと思う。

「いっぱいしようよ、果穂姉ちゃん」

キスをほどいてささやくと、果穂はカアッと耳まで赤らめて、

「……ばかっ、すけべね、ホント……」

と、胸を叩いてくる仕草にもキュンとくる。

部屋に入るやいなや、もうガマンできないとばかりに、部屋の中央にあるダブルベッドに果穂の身体を押し倒した。

「やん……」

恥じらいつつも、果穂のくりっとした目がイタズラっぽく細められる。

白いTシャツの胸元にブラジャーの形がくっきりと浮き出ている。一度見てしまえば、もっと見たくなる。

Tシャツをめくり上げ、性急に白いブラを上にずらす。

露わになったピンクの乳首を吸いあげた。

「ああんっ……やだっ……ちょっと……い、いきなりなの？」

果穂が不安げに見つめてきた。

「な、何だよっ」

「だって……だって……」

果穂が顔を赤くする。とにかく恥ずかしいらしい。

「あのね……違うのよ……ゆっくりやってほしいの……いやじゃないから……」

果穂が甘えるように舌足らずな声で言いながら、下から手を伸ばしてギュッと抱きついてくる。

おっぱいにムギュッとされる。

(くっそ……おばさんなんて言っておきながら……可愛いじゃないかよ)

少し顔を離してから、恭介は果穂の乳首をねろねろと舌で舐め転がし、軽く歯で甘嚙《あまが》みした。

すると、

「あああ……」

果穂は顎をせり上げ、感じいった声を漏らし始める。

形のよいお椀型のおっぱいの先を、さらにしゃぶると、硬くなってくるのを感じた。

(いいぞ、感じてる)

おっぱいを吸うのをいったんやめて、果穂の表情を盗み見る。

元が可愛い顔立ちだけに、感じてきて泣きそうな表情もまた可愛い。

ハアハアと息を荒らげる果穂を尻目に、自分の唾の匂いのする彼女の乳首を頬張った。

「アッ……！　あっ、あっ……あぁ……あぁん……」

果穂は続けざまに顎をせり上げて、太ももをよじり合わせている。

さらに乳首を責めれば果穂は目をとろんとさせ、顎をせり上げて愛撫に翻弄《ほんろう》され始めた。

(敏感なんだな……特に乳首が感じるのか……)

感じやすいのはいいことだ。

ならばと、舌を小刻みに動かせば、

「ああっ……あああっ……」

と、果穂は早くもうわずった声を漏らして、腰をよじらせる。

もっと感じさせたいと、舐めしゃぶっていたときだ。

「ねえっ……ねえっ……」

果穂が甘えるような声をかけてきた。

「ウフフ、硬いのがずっと当たってる。恭介、オチンチン、舐めて欲しくなったんでしょ？」

果穂のくりっとした目が細められる。

でもそれは、照れ隠しのようにも見えた。

「果穂姉ちゃんだって、舐めたくなったんだろ。それとも、一方的にやられるばかりで恥ずかしくなった？」

「……生意気ね」

果穂はずりずりと身体を下げていき、恭介のズボンのファスナーを下げてくる。

そしてパンツの中にしなやかな指を滑り込ませ、直にいきり勃つ肉棒を握ってきた。

「……くぅっ！」

恭介は上になったまま、ぶるっと腰を震わせた。

「やだっ、おっきい……」

そう言いながらも、パンツの中の果穂の指が、ぐいぐいと分身をこすりあげてくる。

少し汗ばんでいる指先や手のひらが心地いい。

早くもむず痒さが亀頭に宿ってくる。

（くうう……たまらんっ……果穂姉ちゃんにチンポをいじられるなんて……）

夢見心地だが、こっちもいろんなことをしたくて、たまらないのだ。

負けじと、タイトスカートの中に手を差し入れ、パンティ越しのヒップを撫で上げた。

「……あんっ……ねえ……触り方、おじさんなんだけど……」

「わるかったな。ねっとりしてほしいんだろ？」

ヒップだけでなく、果穂のムッチリした太ももの内側を、オーダーどおりにねちっこく撫でてやる。

（ああ……ムッチムチだっ）

ストッキングを穿いていない生の太ももが量感たっぷりで、ぷにぷにした触り心地がたまらない。

あんなに華奢だった果穂も、こうして肉感的なムチムチ熟女になったんだなあと感慨にふけりながら、さらに手を奥まで入れてパンティの股布に触れた。

「……やんっ……ちょっと……」

果穂は切なそうな顔をして、太ももをよじらせていく。

「ちょっと何？　湿ってきたのが恥ずかしい？」

煽ると、果穂はキッと睨んできた。

「……すけべっ……ねえ……私にもさせてよっ。恭介、下になって」

責め続けたいけど、果穂が何をしてくれるのか、という興味も湧いてくる。

言われるままにベッドで仰《あお》向《む》けになる。

すると果穂は淫靡な笑みを浮かべながら、くるりと背を向けて恭介をまたぎ、こちらにお尻を突き出してきた。

「え？　ちょ、ちょっと……うわっ……丸見えっ……」

目の前に大きな尻が迫ってきた。

（うわわわわっ）

すごい光景だった。

むっちりした大きなお尻を、白い小さなパンティが包み込んでいる。だがお尻が大きすぎて、パンティから尻肉がハミ出てしまっているのだ。

（すげえ……果穂姉ちゃんのお尻……でかっ……）

女性器の形が、パンティ越しにくっきり浮き立っているのもいやらしかった。

すさまじい迫力に恭介は身震いする。

股布から漂う生々しいエッチな匂いも興奮を誘う。

（果穂姉ちゃん、なんてエロいことしてくるんだよ……俺の上に跨《また》がって尻を突き出してくるなんて……）

迫力の光景に呆然としていると、上になった果穂が恭介のズボンとパンツを足首まで下ろしてきた。

「やだ……先端がもう濡れてるじゃないの……」

そう言いつつ、果穂はこちらに尻を向けたまま、勃起を柔らかいものでこすってきた。

舌だ。

上になった果穂が尻を向けながら、肉棒を舐めてきたのである。

（シ、シックスナインだ……！）

初めてのプレイに胸が熱くなった。

ＡＶなどでは見たことあるが、実際にしたこともされたこともない。

相手の恥ずかしい部分を舐め合うなんて、簡単にはさせてくれないからだ。それを果穂は仕掛けてきたのだ。

（ああ……）

シックスナインというのが、こんなにエッチなのかと感動した。

亀頭を舐められつつ、目の前には尻がくなっ、くなっと揺れている。

すごいプレイだった。

恭介も負けじと両手を伸ばし、眼前にある果穂のパンティのクロッチを横にズラした。

（うわっ……）

憧れの人のおまんこを目の当たりにして、心臓が早鐘《はやがね》を打つ。

果穂の大きめのスリットからは赤い果肉が覗き、ぬらぬらと蜂蜜をまぶしたように妖《あや》しくぬかるんでいる。

内側がちょっとだけ黒ずんでいて、濡れ方がすごい。

千鶴や涼子よりも、見た目がいやらしい感じだ。

息を呑んだ。

「果穂姉ちゃんだって……こんなに濡れて……ぐっしょりじゃないか」

「あんっ。言わないで……それに、そんなに近くで見ないで……洗ってないんだから……」

果穂が肩越しに、目を細めて睨んでくる。

しかし目の下が赤らんでいるということは、見られることが恥ずかしいのだ。

「じゃあなんでシックスナインにしたんだよ」

「だって……つい……」

どうやら勢いがついてしまったらしい。恭介は笑った。

「もう遅いからな。見るよ、じっくり見るよ……果穂姉ちゃんのおまんこって、こんな色と形をしてたんだ。ああ、また奥から恥ずかしい汁が出てきた」

指でそっと、濡れたワレ目に触れてみれば、

「やあんっ……」

果穂がビクッとして、尻を震わせる。

「やだもう……」

そう言ってショートヘアを軽く手ですきながら、舌を伸ばして竿の鈴口《すずぐち》を舐めてきた。

「うっ……！」

とたんに腰に痺れが走り、いても立ってもいられなくなる。

「ウフフ。恭介だってこんなにオチンチンぬるぬるにして……何なのよ、このオツユの量は……しょっぱくて……いやらしい味じゃないの」

今度は舌の腹をめいっぱい使って、表皮のガマン汁を舐めとってくる。

「う、くっ……」

温かくぬめった舌がたまらなかった。

恭介はシーツをつかんで、くぐもった声を漏らしてしまう。

「ウフフ……かーわいい」

言いながら、さらに亀頭部をアイスキャンディーのように舐めてくる。

（くううう、やばい……このままじゃ出ちまうっ）

初めてのシックスナインという興奮もそうだが、それよりも果穂の舐め方がうまかった。

亀頭のくびれに舌を這わせたり、裏の筋も大胆に舐めたりと、舌が這うたびに猛烈な射精への欲望が昂ぶっていく。

このままでは一方的に負けて射精してしまう。

（くっそ……こっちだって……）

歯を食いしばり、ワレ目に鼻を近づける。

濡れそぼる秘部は酸っぱくて濃密な香りを放ってくる。

下からワレ目を、ぬるっと舐めあげると、

「あっ……！」

果穂はビクンッと震えて、舐めるのをやめたのか、勃起の根元をつかんだまま身体を震わせる。

強い酸味のある潤んだ陰唇に、じっくりと舌を這わせれば、

「……ぁあああ……あんっ、それっ……あ、あんっ……」

果穂がビクッ、ビクッとした。

大きな尻が、じりっ、じりっと動いている。さらにパンティのクロッチをズラしつつ指でワレ目を広げて奥まで舌先をこじ入れると、

「あ、ああっ、ああっ……そんな、奥まで舐めるなんてっ……」

果穂が悲鳴じみた声を漏らし、また肩越しに振り向いた。

つらそうな顔でこちらを見つめてくる。

(形勢逆転……感じてるぞ……果穂姉ちゃん……)

さらに舐めた。

果穂は発情したようで、蜜の味が濃くなって、匂いもツンとくる生臭い魚のようなものに変化する。

だが舐めたくなる甘露《かんろ》だ。

夢中になって、じゅるるるっ、と愛液をすすり飲めば、

「あああ……エッチ、あぁんっ、飲まないでっ……あぁんっ、だ、だめえ」

尻を震わせながら、また果穂が咥《くわ》え込んできた。

お返し、とばかりに唾をたっぷりと口に含み、じゅるっ、じゅるっ、と淫靡な音を立てて勃起を吸い立ててくる。

「ああっ……ハアッ……ハアッ……か、果穂姉ちゃん……」

口内粘膜でこすられる気持ちよさに、今度はこっちがクンニをできなくなってしまう。

（これがシックスナインか……舐め合いっこ、すげえ……）

ふたりでお互いの性器を舐めるという行為が、セックスの興奮をさらに高めていく。

舐めるばかりではない。

変化をつけようと、恭介は二本の指で膣穴をぬぷぷと刺し貫いた。

「あぅぅ！」

いきなりの指の挿入を受けて、上に乗っていた果穂が大きく震えた。

（ぬわわ、おまんこの中、熱い……）

膣内は指がふやけそうなほど熱くたぎり、しかも媚肉が待ちかねたように指にからみついて締めつけてくる。

具合のよさを指先で感じつつ、ぬぷっ、ぬぷっ、と指を出し入れすれば、愛液が手のひらまでしたたってくる。恭介のシャツにも愛液が垂れた。

「ぁあ……そ、そこ……ああんっ、いやん……あっ、あっ……」

果穂はかぶりを振り立てていた。

もうフェラもできないほど感じているらしい。

「可愛いよ、果穂姉ちゃん」

恭介は、ねちゃっ、ねちゃっ、と音を立てて指を出し入れさせながら、クリトリスを吸いあげた。

「くぅぅ！　い、いやぁぁぁ、あああっ……」

果穂が悲鳴を上げて、上に乗ったままガクガクと震える。

やがて果穂は恭介の上で下腹をヒクヒクと波打たせながら、ぐったりとしてしまうのだった。

6

上から降りた果穂は、ショートボブヘアを乱し、目のまわりをねっとりと赤く染め、ハアハアと息を喘がせてベッドに横たわった。

Tシャツとブラがはだけて、白いおっぱいが露出している。

スカートは腰に巻き付き、濡れたパンティの脇から愛液が垂れて、太ももをぐっしょり濡らしている。

果穂の発情した匂いと汗の匂いが混ざり合っている。

うつろな目をしていた果穂は、息を整えてからようやく起き上がった。

「いじわるね……っていうか、恭介にイカされるなんて……恥ずかしいわ」

「だから、大人になったんだって」

果穂がショートボブヘアを手ですきながら、ウフフと笑う。

「大人ねえ……でも……すごい気持ちよかった……イッたの初めて」

寂しそうにシーツを見る果穂がいじらしかった。

「旦那さんと身体の相性がよくなかったのかな。だからセックスレスに……」

「そうね、そうかも」

果穂はフッと相好《そうごう》を崩して、恭介に身体を寄せてきた。

「……私、恭介とは身体の相性がいいのかもね……」

見上げてくる目は、からかっているようでも真面目なようでもあった。

「果穂姉ちゃん……好きだよ」

ぽつりと言うと、果穂は小さく頷いた。

「わかってたけどさ……でもそれ……年上の女に憧れてたとかじゃないの？」

「そ、そんなことない……今でも好きだ……その……再婚だって……」

勢いにまかせて言ったわけじゃない。

もし彼女が真剣に考えてくれるなら、という覚悟もあった。

だが果穂はそれには答えず、ただ黙って軽く頬にキスをしてくれた。

「ウフフ、いいよ。そんなこと言わなくても……私の中に入れたいんでしょ？」

果穂が、ちらりと勃起を見ながら言う。

恭介は果穂を見る。

ふたりとも、いい大人だった。

たとえセックスをしたとしても、だ。

高校時代の間柄が、たとえ男女の関係になったとしても、今までどおりでいいよと、彼女は言ってくれている気がした。

「入れたいに決まってる……果穂姉ちゃんと……ひとつになりたい」

「ウフフ……素直ねえ。ああんっ……私、恭介とエッチしちゃうのね……どうしようっかなっ」

猫のように表情をくるくる変えて、今度は淫靡な笑みを見せてきた。

「ここまできてお預けはなしだろっ」

ムキになると、果穂が抱きついて頬を撫でてきた。

「ウソよ。ウフッ……可愛いんだから……私も恭介としたいよ」

「か、果穂姉ちゃん……」

まっすぐに見つめてから、ギュッと抱きしめる。

果穂が唇を重ねてきた。

「んう、んんんぅ……」

鼻奥で悶えつつ、激しく舌をからめてくる。

それだけではない。

舌を使って恭介の口の中をまさぐってきた。

つるつるした歯や歯茎まで、ざらざらした舌でなぞられると、ゾクゾクと震えがきて、したい気持ちがさらに高まる。

夢中になって、こちらも舌で果穂の口中をなぞれば、果穂の舌の動きがもっと激しくなる。

(もうガマンできない)

口づけをほどいて、何も言わずに服を脱ぎ始めると、果穂もTシャツとブラを脱いで、スカートとパンティも下ろして全裸になった。

ふたりは素っ裸のまま、からみつくように肌と肌をこすり合わせて、また唇を求め合う。

そうして昂ぶったままに大きく脚を広げさせる。

果穂がため息をついた。

「恥ずかしいわ……何年もしてないから。それに相手が恭介だし……」

「こっちだって恥ずいよっ」

高校時代、弟みたいに思っていただろう相手に、貫かれたい、抱かれたいという欲望がその表情に見え隠れしている。

恭介は腰を進め、濡れそぼる媚肉に切っ先を押し当てる。

正常位だ。果穂の顔を見ながらヤリたかったから、この体位がいい。

ぐっと押し込むと、穴に嵌《は》まるような感触があった。

ここだ、と一気に腰を押す。

「あ、あうんっ……」

果穂が顎を跳ね上げて、大きく背をしならせた。

（ぬうう……）

挿入すると、果穂の膣が生き物のように締めつけてきた。

ぬかるみの中にさらに押し込めば、果穂はのけぞり、つらそうにギュッと目を閉じて、ハアッ、ハアッ、と喘いでいる。

「ああ……果穂姉ちゃん……」

こちらも興奮に喘ぎながら、じっと果穂を眺める。

信じられない。

あの美少女と、憧れだった人と、ひとつになれたのだ。

果穂も潤んだ目を向けてきた。

「あ、ああんっ……恭介のが私の中に入ってる……」

果穂は枕を取って、それで顔を隠してしまった。

「ちょっと、なんで隠すんだよ」

「だって恭介とエッチしてるなんて……少し落ち着かせて……」

「……いやだった?」

訊くと、果穂は枕で顔を隠したまま首を左右に振った。

「いやじゃない……いやじゃないの……でも、へんな気持ち……恭介のこと、いっぱい考えちゃう……」

そおっと枕に手を伸ばして奪いとると、果穂は目尻に涙を浮かべていた。

「やんっ……恥ずかしいわ。こんなおばさんになっても泣いてるなんて……」

ジーンとした。

「うれしいよ……俺も……」

奥まで入れたまま、切っ先に力を入れて動かすと、果穂が「あっ、あっ……」と小さく呻《うめ》いた。

その感じた顔が、可愛らしかった。

もう待てないとばかりに、見事にくびれた腰をがっちり持って腰を振りはじめると、

「あっ、だ、だめっ……いやっ、いやぁぁ……!」

果穂は困惑した声をあげて、腰をくねらせた。

「だめっ……ああん」

だめと言われても、こっちももうだめだった。

長年の想いがあふれ出て止められない。

恭介は腰を振りつつ、目の前で揺れる乳房を口でとらえ、先端をチューッと吸いあげて、舌でねろねろと舐めあげる。

「ああっ、ああっ、あああああっ……」

果穂のヨガリ声が大きくなる。

乳首が感じるのはわかっている。

だから、もっと舌と指で乳首をいじれば、

「あっ、ああん、ああん……」

果穂はもう「だめ」とも言えずに、翻弄され始めた。

たまらない。

もっと感じさせたい。

恭介は前傾姿勢で、腰を前後に動かした。

ギシギシとベッドが音を立てる。

獣じみた発情の匂いが濃くなっていく。

「あんっ、あんっ……あんっ……恭介……ねえ、ねえ……キスしてっ……」

果穂がすがるような目を向けてきた。

もう恥じらうよりも、欲しくてたまらないらしい。

恭介は汗ばむ果穂の裸体を抱きしめながら、唇を突き出した。

果穂が激しくむしゃぶりついてくる。

上も下も繋《つな》がっている。

果穂を自分のものにした実感が、男としての自信を湧き立たせる。

そのまま、ぐいぐいと腰を押し入れると、

「ンンンッ……」

キスしたまま、果穂がくぐもった悲鳴を漏らした。

さらに腰をグイグイと動かすと、果穂はキスをほどき、

「ああっ、ああん、あんっ、ああんっ……お、奥まで……奥まで届いちゃう……はううう……ああんっ、恭介、もっとして……ああんっ」

その表情は歓喜に満ちていた。

いよいよ果穂が、乱れてきたのだ。

「好きだ……果穂姉ちゃん……」

ずんっ、ずんっ、と深いところまで届かせるように突き上げる。

すると、

「ああんっ、好き……恭介、好き……やだっ、また、またイキそう……」

果穂が泣き顔で見上げてきた。

こちらも限界だった。

「こっちも出そうだっ」

「あんっ……一緒に、一緒にいこっ」

果穂の表情が、いよいよ切迫してきた。

その美貌を覗き込みながら腰を使ううち、恭介にも堪《こら》えがたいほどの射精欲がこみ上げてくる。

それでも歯を食いしばって打ち込めば、

「あ……あっ……イクッ……ああんっ……私、またイクッ、イッちゃううう！」

果穂が大きくのけぞり返った。

その瞬間、こっちも決壊した。

脳天がとけてしまうほど気持ちのよい射精だった。

長年の想いが、すべて果穂の中にとけ出していくようだった。

第四章　ジムで出会った爆乳ギャル

1

シャワーも浴びずに果穂を抱いた後、まだチェックアウトまで時間があったので、ふたりでホテルの風呂に浸《つ》かった。

円形の大きなバスタブだ。

ジェットバスだったので恭介がはしゃいでいると、果穂に半目で、じとーっと見つめられた。

「そんなにはしゃいで……どこが大人なのよ」

「うるさいな……だって、こういうのは初めてなんだし……」

というか、どうも果穂といるとはしゃぎたくなってしまう。

好きな女の子の気を引こうと、イタズラする子どもと変わらない。

というのも、あの憧れだった果穂とセックスしたのだから、今は小躍りしたいくらいなのだ。

「なあ、果穂姉ちゃん……」

「なあに」

返事をしながら果穂が頭を肩に乗せてきた。

まだ泡の残っている湯船に、白いおっぱいが浮かんでいる。

恭介は天井を見ながら言った。

「……秀夫、驚くだろうな……知ったら……」

果穂が見上げてきた。

「どうかなーっ。っていうか、秀に言うの？　私たちがエッチしたこと……」

慌てて首を横に振った。

「い、言うかよっ……でも……果穂姉ちゃんが言っていいなら、言うけど」

「いいよ、言っても……」

「へ？」

呆《ほう》けていると、果穂は湯の中でいったん立ち上がり、恭介の胸板を背もたれのようにして身体を預けてきた。

（おう……）

股間に尻が当たって、一気に力を取り戻していく。

（それにしても、果穂姉ちゃんってこんなに小柄だったっけ？）

白い背中の細さと美しさに、改めて驚いてしまう。

あの頃、大人びて見えた身体は、今は恭介の腕の中にすっぽりと収まるくらいだ。

首筋にキスすると、果穂がくすぐったそうに身をよじる。

「あんっもうっ、硬いのがお尻に当たってるんですけど……」

肩越しに振り向いた果穂が、クスクスと笑う。

「これは自然現象。女とくっついてると誰だってこうなるっての」

「ウフフ。私のおっぱい揉みながら、そんなこと言っても説得力ないけどね」

からかうように言われて、口惜《くや》しかったから左右同時に果穂の乳首をキュッとつまんで引っ張った。

「あンッ……！」

果穂の身体がビクッと震えた。

すぐに振り向いてきて、じろっと睨んでくる。

「エッチ……もうっ」

「感じちゃった？」

　ニヤッと笑うと、果穂は身体ごと向き直って恭介の腰をまたぎ、抱きついてきた。

「昔からエッチだったわよね。そんなエッチな人とは、もうしたくないかなあ」

　果穂が煽ってきた。

　恭介は湯の中で指先を果穂の股間にくぐらせると、

「あんっ……！」

　果穂が痙攣して腰をくねらせる。

「これお湯じゃないよね。果穂姉ちゃんだって、もうとろっとろっ……」

「あんっ……知らない、もう……だめっ……あっ……あっ……」

　優しく中指でワレ目をなぞると、湯よりも熱いくらいの体液が、湯に混ざるようにシミ出てきた。

「果穂姉ちゃん、濡れやすいんじゃない？」

「そんなことない……けど……私……あっ、あんっ……」

　狭い穴に指を潜り込ませていくと、果穂が切なそうな声を漏らして背をのけぞらせる。湯の中で指を出し入れすれば、

「んっ、んんっ……あっ、あっ……だめっ……あんっ……」

果穂は湯船に浸かったまま、しがみついてきて腰を揺らめかす。

もっと感じさせたいと、目一杯奥まで指を潜り込ませると、

「ああん！　そ、そこ……はぁん……あっ……だ、だめっ……」

「ここがいいんだよね、果穂姉ちゃんは」

先ほど指でイカせたから、もうわかっている。

ざらついた部分を指先でこねると、

「あ……あううんっ……だ、だめっ……ホントにだめっ……それだめっ……またイッちゃう……もうっ……許さないからぁ」

「はっ……えっ……？」

果穂が腰を上げたと思ったら、恭介の勃起を立てて、そこにゆっくりと腰を下ろしてきたのだ。

（ああっ……これっ……）

涼子のときと同じ対面座位だ。

湯船の中で果穂と抱き合い、ひとつになる。

果穂が肩に手を置いて見つめてきた。

「ウフフ、どう、気持ちいい？」

「うん、気持ちいいよ……これ、好きだ」

「ウフフ。ねえ……今度は私に好きにさせてね」

果穂がニコッとして、上に乗ったまま、ぐいぐいと腰を動かしてきた。

湯が波立って温かなしぶきが顔にかかる。

「ああぁ……か、果穂姉ちゃん……ッ！」

根元から揺さぶられ、たまらなくなって果穂を抱きしめ、そのままたベロチューにふける。

「……ぅんんっ……んふ……んんッ」

もうキスをするのに、ためらいも何もない。

まるで恋人同士のキスである。

（夢みたいだ……）

こういうイチャイチャを、ずっとしたかった。

うっとりしていると、果穂は、ちゅぽっ、と音を立てて唇を外して、色っぽい目で見つめてきた。

「ウフフッ」

意味ありげに笑った果穂が腰の動きを緩めつつ、

「口を開けて……」

と、指示してきた。

「え？」

何かわからなかったが、言われたとおりに、わずかに口を開く。

すると、果穂は頬をすぼめて口先に唾の泡をためると、そのままツゥーッと唾を恭介の口中に落としてきた。

（えっ！）

果穂の唾が口中で混ざり、さらに彼女は口づけしてきて、口中を舌でかき混ぜてくる。

（果穂姉ちゃんが、こんなエッチなことをしてくるなんて……）

あまりの興奮に、果穂の中で弄《もてあそ》ばれていた勃起がさらに硬くなる。

「あんっ……ウフフ、どう？」

果穂がキスをほどき、目を細めて見つめてくる。

「こんなエロいことしてくるなんて……」

「ウフフ。好きなんでしょ、男の人って、こういうの……」

さらに腰を使われる。混浴しながらの対面座位。

もう頭の中がバラ色だ。

「た、たまんないよ」

「降参？」

「ああ、降参……うわあっ……」

回すように腰を使われると、もう爆《は》ぜそうだ。

気持ちよすぎて意識がとろけていく。

（最高だ……果穂姉ちゃんと俺、相性最高なんじゃないか……？）

ラブホテルの浴槽の中で果穂に責められながら、恭介は真剣に果穂とのことを考えてしまうのだった。

2

七月も下旬になると、もう夏本番だ。

それでも浜松の海沿いは東京ほどは蒸し暑くなくて、暑いことは暑いがまだマシな方だと思う。

帰ってきて四ヵ月。

なんとなく地元や店にも馴染《なじ》んできた気がしていた。

千鶴や涼子とは、あれ以来していない。

というのも、千鶴は生真面目な性格だから、夏祭りの晩の一度だけと決めていたようで、誘惑されることもなくなった。

きちんと聞いていないが、夫婦生活も少しはよくなったらしい。

涼子とは、実は浮気した日以来、二度ほどセックスしたのだが、こちらも身体の関係はなくなってしまった。

というのも、旦那が珍しく手を出してきたらしい。

彼女曰く、恭介とエッチしたことで妙な色気が出てきたのではないか、とのことだった。

いい女がふたりとも手が届かなくなったのは残念だった。

だけど、身近にセフレを作ってバレた時のことを考えると、これでよかったのだと思う。

元サヤという言葉もあるように、旦那がかまってくれなくて寂しい思いをしている人妻でも、結局は旦那のところに戻っていく。それだけ夫婦というのは居《い》心地《ごこち》のいい場所なのだろう。

恭介も果穂とそういう関係になりたいと思いつつ、実のところ果穂にのめり込むほど、気持ちがざわめいているわけでもなかった。

季実子の存在である。

このところ毎週月曜日、季実子は保育園の帰りに恭介の家に寄って、子どもと一緒にボールを蹴ってから帰っていく。

恭介も月曜日は定休日だから、家にいて顔を合わせるのだ。

ふたりが来れば、一緒に縁側に座ってお茶を飲んで世間話に花を咲かせた。

季実子は最初口数も少なかったが、年齢も地元も近い恭介に打ち解けて、次第にプライベートなことも話すようになった。

人見知りっぽいと思っていたのだが、そこはやはり美容師だ。

人と話すことはそれほど苦ではないらしい。

「……それで、家の用事やたまっていた家事をやってると、すぐ休みなんて終わっちゃうのよ」

お茶を飲みながら、季実子がこぼす。

「うーん。わかるなあ、それ。昼飯食べてちょっと昼寝しようかなって、寝たら夕方で、ああ……休みがもう終わりかぁって……」

恭介の言葉に季実子は大きく頷いた。

「でしょう？　でも週休二日だと、お給料がねえ……雄助《ゆうすけ》のことも考えると、今のうちにお金を貯めておきたいし……」

季実子はふいに、ボールを蹴っている子どもに目を向けた。

キレイな横顔だった。

切れ長で、涼しげな目元。鼻筋の通った端整な顔立ち。

さらさらとした漆黒のストレートヘアにこの美貌だ。

まるで日本人形のようだと思う。

（うーむ……どっちも魅力的なんだよなあ……）

果穂は可愛らしくて妖艶な小悪魔タイプ。

季実子は正統派の美人で、守ってあげたくなるようなタイプである。

（いいんだよなぁ、こういう放っておけなくなる女性って……）

しかも真面目なのに、ちょっとドジなところがいい。

清楚で柔らかな雰囲気は、いいお母さんという感じで微笑ましい。

しかし、そこはかとない色気を感じさせるのも確かだ。

落ち着いた上品さ。

ふんわりした慈しむような笑顔。

透明感ある色白の肌もいい。

淡い色のスカートやブラウスを好むのも、細身で華奢な身体つきも、女性らしくて抱きしめたくなる。

「おじさーん、一緒にやろうっ！」

季実子のひとり息子の雄助が、手を振っていた。

この子がなついてくれたというのも、彼女との仲を深めた要因だった。

「すみません、いつも……」

季実子が申し訳なさそうに頭を下げる。

「いいえ……いいんですよ。俺も気分転換になるし……それより今度ぜひ、お店に寿司を食べに来てくださいよ」

「ええ、ぜひ」

季実子がニコニコと微笑んでいた。

こんな感じで、毎週ほのぼのと季実子との関係を深めており、それが百パーセントで果穂と向き合えない大きな要因である。

（シングルマザーの未亡人か……憧れだったバツイチの年上か……）

連れ子がいない、という面では果穂の方が面倒はない気がする。

だけど、果穂と夫婦になったら実家の八百屋を継ぐことになるのだろうか。

(いや、待て。まだどっちにもプロポーズどころか、付き合いたいとも言ってないのに、気が早すぎる)

とはいえ、モテ期めいたものがきているのは確かだ。

3

恭介はこのところ出勤する前に、家から自転車で五分くらいの所にあるスポーツジムに通うようになった。

メタボ気味の体型を少しは改善したい。

そう思うようになってきたのである。

その日も、朝の八時にジムに行き、いつものようにランニングマシンに乗る前に、ストレッチをしようとストレッチルームに向かうと、

「おはようさん」

と、いつも出会う年配の人に挨拶された。

「おはようございます。今日も早いですね」

「だって、なーんもすることがないもの。ここはみんなに会えてええわ」

そうなのだ。

東京にいたときもジムに通ったことがあったが、あまりの人の多さに辟易《へきえき》してやめてしまった。

その点、田舎のジムは人が少なくていい。

いても年配の人ばかりだ。

ちょっとした老人ホームのようになっているのである。

特に朝は人が少ない。

だから自分のペースで使いたい器具を使えるのが、田舎のジムのいいところである。

ストレッチルームで手足を伸ばしていると、顔見知りの外国人にもハローと挨拶された。

英語なんてできないので、知っている単語を並べて彼と二言三言、言葉を交わし、ランニングマシンに向かう。

（おっ……今日もいたっ！）

見ると、いつもの彼女がマシンで軽快に走っている。

（いつ見てもすげえ身体してるよな……）

彼女の名は浅田玲奈《あさだれいな》。

おそらく年の頃は二十代前半ぐらいだろう。

メイクが派手で、茶髪のショートボブヘアがお似合いのギャル系女子だ。

彼女はいつも薄手のTシャツに黒いスパッツという格好で、この朝の時間帯にマシンで走っている。

ランニングといえば爽やかなイメージだが、とにかくこの子が走る姿はエロかった。

何せ、信じられないくらいグラマーなのだ。

走るたび、量感たっぷりの双臀《そうでん》が、ぷりん、ぷりんと揺れる。

スパッツは身体にぴったり貼りついているので、尻の丸みや形がはっきりとわかる。

尻ばかりではない。

太もものムチムチさもいい。

そして胸も、呆れるほど大きい。

それでいて腰はしっかりとくびれているので、グラビアで見るような俗に言うダイナマイトボディなのである。

（今日もエロいなあ、尻が揺れて……おっ！）

しかもである。

今日はかなり走り込んでいるらしく、Tシャツが汗に濡れて貼りつき、ブラジャーのラインが透けて見えている。

もう走るだけで悩殺的だ。

今はいいが、そのうち彼女目当てに若い男が集まってきそうである。

彼女の隣のマシンが空いていた。

だが、他にも空いているのに彼女の隣というのはあからさまだから、一台間を置いてマシンに乗ると、彼女が頭を下げてきた。

「おはようございまーす」

「あっ、おはよう」

いつものように軽い感じで挨拶しながらも、視線がつい胸元にいってしまう。

（おいおい……今日はいつも以上に揺れてないか？）

Tシャツの胸が、ばうん、ばうん、と音がしそうなほど上下に揺れている。

なぜだろうと思って、ぴんときた。

先ほどの透けブラでわかったが、今日はスポーツブラではないのだ。

だから押さえが緩くて、揺れている。

悩殺的というよりも、もはや犯罪的である。

恭介はランニングマシンに乗り、スタートのボタンを押す。

ゆっくり歩きつつ、意識がどうしても彼女の方に向いてしまう。

この子は豊満ボディだけでなく、顔立ちもなかなか魅力的だ。

パッチリした目に厚ぼったい唇。ギャルっぽいメイクをして走っているが、汗で落ちにくい化粧品なのだろう。

(いくつなんだろうな……ひとまわりくらい下か)

今時のギャルっぽい子だったから最初は話すのもためらわれたが、向こうから話しかけてくれて実に気さくな子だとわかって、一気に好感を持った。

「今日は遅いんですね」

彼女がハアハアと息を弾ませながら、話しかけてきた。

「え？　いつもどおりだけど……浅田さんが早いんじゃない？」

そう返すと、彼女は少し考えてから、

「そうだ。玲奈、今日は早く来たんだった。あはは」

と、天真爛漫《てんしんらんまん》な笑顔で返してくれたので、ますます好意めいたものを持ってしまう。

「しかし、今日はずいぶん勢いよく走ってるね」

「だってぇ……昨日、食べ過ぎちゃったしぃ」

タオルで汗を拭《ふ》きつつ、彼女はハアッ、ハアッとリズミカルに息を吐く。

むんむんと湯気が立っていて、汗の匂いに混じってやたらと甘い匂いが漂ってくる。

それにだ。

苦しげに眉根を寄せて走る表情もいい。

さらにその下では、Tシャツから飛び出してきそうな巨乳やヒップを揺らしまくっているのである。

こんな朝っぱらから、エロい姿を世間に晒《さら》していいのかと心配になる。

(やばいな、勃起しそうだ)

目の端で揺れている彼女の姿を見ないようにして、前を見ながら無心に歩く。

と、彼女のマシンの音がやんだ。

彼女がマシンの速度を緩めて、ランからウォークに変えたのだ。

「はあっ……気持ちよかった……」

タオルで汗を拭きながら、そんなつぶやきが聞こえてきて、ますます淫靡な気持ちになってしまう。

玲奈はゆっくり歩きながら、こちらを見てきた。

「岡野さん、珍しいですね。Tシャツなんて」

言われてみれば、いつもは上下のジャージである。

「今日は暑くなりそうだからね。というかTシャツだと、ほら……おなかが出てるのがわかっちゃうから」

ちょっとおなかをさすってみせる。

自分からおじさんアピールなんかしたくないのだが、こうやっておどけるくらいでないと、若い子には相手にされないだろう。

「あはは、ホントだ。おなか出てる」

「おいおい、ずいぶんはっきり言うねえ」

「えーっ、だって岡野さんから言ってきたのにぃ。でも、真面目な話、言うほどそんなにおなか出てなくないですか？　岡野さんっていくつ？」

さらりと年齢を訊かれた。

これはチャンスだ。

彼女の年齢を知りたかったのだ。

「……三十六だよ。浅田さんとはひとまわりくらい違うかな」

「ウフフ、玲奈でいーよ。私は二十三だから、確かにひとまわりくらいね」

なんとなくわかっていたのだが、現実を知るとショックである。

(そうか、やっぱり十三も違うのか)

残念ながら恋愛対象ではないだろうし、むしろこういう面食いそうなギャルの相手になるような美形でもない。

そう思うと、逆に気が楽になった。

玲奈は歩きながら額の汗をタオルで拭う。

(おおっ！　ワキ汗が……)

腕を上げたから、Tシャツの腋《わき》の下の汗ジミが、くっきりとついているのが見えた。

(エロいっ……汗ジミ……)

などとジロジロ見ていたときだ。

「でも確かに今日は暑いですね。薄着になると、おじさんたちがじろじろ見てくるからいやなんだよなぁ」

ぎくっ、とした。

これは遠回しに恭介に「エッチな目で見るな」との警告だと思った。

「いや……ごめんっ……」

「え？」

彼女がきょとんとした後、ゲラゲラと笑い出した。

「やだっ……コンビニでバイトしてるときの話ですけどー」

「へっ？　あ、ああ……」

うわっ、まずい、墓穴を掘ってしまったと思っていると、彼女が三日月の形をしたパッチリ目を向けてきた。

「ウフフ。岡野さんも玲奈のこと、そういう目で見てるのね。真面目そうな顔してるのにー」

「いやいや、その……」

汗が噴き出てきた。

（朝から、ジムでする会話じゃないよなあ）

でも、こんな若くて可愛い子と親しくなれた気がして、とてもうれしかった。

彼女はランニングマシンを止めてから、こちらに手を振ってきた。

「ウフッ。先にあがりますね、またねー」

「ああ、ま、また」

彼女はマシンを降りると、スパッツ越しの大きなお尻を揺らしながら、去っていく。

(若いっていいなあ。あんなにお尻がキュッと上がって……)

だけど、やはり若すぎる。

(付き合うなら、やっぱり同年代がいいよなあ)

また季実子と果穂のことを考えてしまう。

ぼうっと考えながら走っていたら、あやうくマシンから足を踏み外しそうになって、慌ててスタッフが駆け寄ってきた。

おじさん丸出しである。

4

元々、運動はキライではなかった。

それに、玲奈と会えば楽しく会話ができて、しかもあの悩殺的なおっぱいの揺れを楽しめるのだから、ジム通いが楽しみになった。

動機は不純だが実に健康的な毎日である。

（なんか地元に帰ってきてからの方が充実してきたな……）

親父のことがあり、渋々、というか仕方なく帰ってきて、最初はつまらないと思っていたが、やはり地元の浜松はいいもんだと思うようになった。

一番大きいのは、彼女にフラれた傷が癒やされたことだろう。

魅力的な人妻たちとの身体の関係や、所帯を持ってもいいかなと思える美女との出会いは、すさんでいた生活に彩《いろど》りを与えてくれた。

しかもである。

その美女たちがおそらくだが、自分に好意を持ってくれている。

どちらにするか悩むなんて贅沢《ぜいたく》の極みであろう。

（シングルマザーだけど、優しい雰囲気で癒やされる季実子さんか、それとも、勝ち気で尻に敷かれそうだけど、友達みたいで楽しい果穂姉ちゃんか……）

そんな中だ。

その日は水曜日でランチ営業がなかった。

というのも、古くなった冷蔵庫を入れ替えるということで、夕方だけの営業になったのである。

それで昼からジムに行ったのだが、残念ながら玲奈はいなかった。

がっかりはしたが、まあ仕方ない。

一時間半ほど走って、シャワーを浴びてから自転車で家に帰っているときだ。

空が鈍色《にびいろ》になったと思ったら、いきなり大粒の雨が降ってきた。

（うわあ、マジか……シャワー浴びたばっかりなのに……）

慌てて裏の小径《こみち》を走っていると、ジョギングしていた女性が、何かにつまずいて転んだ瞬間を目撃したのだ。

（わっ……あれ？）

栗色の髪に見覚えがあった。

近づいてみると、やはり玲奈だったので余計に驚いてしまった。

「あ、あの……大丈夫？」

自転車を降りて、アスファルトに横たわる玲奈を見た。

「……岡野さん」

彼女はこちらを見た瞬間、泣き出した。

（いや、まいったな……）

雨はやみそうもない。

「だ、大丈夫かい？　立てる？」

手を貸そうとしたら、Tシャツに薄いグリーンのブラが透けて見えた。

（相変わらず、デカいっ……っていうかそんな場合じゃない）

なるべくエッチな胸元を見ないように、彼女に手を貸して立たせようとすると、

「いたっ……」

と、玲奈は左の足首をさすって美貌をしかめた。

「捻ったみたい。ああんっ、もう……私ね、よく転ぶの」

なんとなくドジな子だろうなと思っていたが、案《あん》の定《じょう》だった。

可愛いじゃないか、なんて思っている場合ではない。

「まいったな、歩けない？」

「無理」

ザアザアと雨が強くなってきた。

（ウチに来ないかと誘うのも、下心ありそうだし……）

確か整形外科が近くにあったなと思いついたが、そこは水曜日が休診だ。

困った。

ここらはタクシーも通らなければバスも走っていない。

「家は近いの？」

「ううん、歩いて二十分くらい。今日は久しぶりに外を走ってみようかなって家を出たのに、やだもう……まさか降ってくるなんて……」

「二十分か……」

雨音が激しくなってくる。今の足の状態なら倍以上の時間がかかるだろう。

彼女は濡れたTシャツをつまんで、顔をくしゃくしゃに歪めている。

それはそうだろう。

雨にたたられただけじゃなくて、足首も捻っているのだ。まさに踏んだり蹴ったりだ。

「あの……送っていくよ。自転車の後ろの荷台でよければ……」

「えっ、そんな……悪いよ」

彼女は首を横に振ったが、困っているのは明らかだった。

「どうせ俺も濡れちゃったからさ……それにタクシーもバスもこの辺りは通らないし」

彼女はきょろきょろしてから、涙目でおずおずと尋ねてきた。

「……あの……ホントにいいの？」

ふたり乗りは危ないが、交通量の少ない道を選べば大丈夫だろう。

自転車に戻ると恭介はバッグからタオルを取り出して、サドルと後ろの荷台を拭いて、さらにタオルを荷台に敷いた。

「ちょっと痛いかもしれないけど、ガマンして」

先に恭介が乗ると、彼女は恭介の肩に手を置いて背後に乗ってきた。

玲奈が両腕を伸ばして恭介の腰に手を回してきた。

濡れたTシャツ越しにおっぱいが背中に押しつけられる。

（ぬおっ、柔らかいっ！）

たまらない感触だった。

ふにゅっ、とした柔らかさとともに、ずっしりした重みを感じる。

（す、すごいな……こりゃあ走るとき邪魔だろうな）

おっぱいも素晴らしいが、若い女の子特有の甘酸っぱい汗の匂いが、雨の匂いに混じって鼻先をくすぐってくるのもいい。

（この子の汗の匂い……いい匂いだな……）

さらに全身のムチムチ具合もたまらない。

そんな邪《よこしま》な思いに股間を硬くしつつも雨の中、とにかく必死に走り、彼女のマンションの前まで来て、肩を貸しながらマンション内に入っていく。

エレベーターの前まで来ると、

「玲奈の部屋、五〇五なの」

と、普通に部屋番号を告げてきたので、おいおいと思ってしまった。

（ああ、安全牌《あんぱい》だと思われてんだな）

彼女の中で俺は、親切な枯《か》れたおじさんなのだろう。

（まあいいか……）

部屋番号を口にしたってことは、そこまで連れて行ってほしいということなんだろうなと、一緒にエレベーターに乗って五階の部屋の前まで行く。

玲奈は鍵を取り出して、ドアを開ける。

玄関は狭かったが、物がなくてすっきりしていた。

ウチの玄関は足の臭いがするのに、入ったときから甘い匂いがしている。

ちょっとなんてもんじゃない。

ムンムンと若い女の匂いが充満しているのだ。

（くうう、くらくらする……）

二十三歳はやはり眩しい。

しかもこんなダイナマイトボディでセクシーな可愛い子である。

（まずい）

雨の中、怪我人を後ろに乗せて自転車をこいでる間にすっかり萎《しぼ》んでいた股間が、またもや硬くなりはじめたのだ。

わりと身体にぴったりしたジャージなので、股間のふくらみがわかりやすくくっきりテントを張ってしまっている。

（こんなの見られたら、通報されかねないな……）

手で股間を隠した瞬間である。

「こんなところまで、ごめんなさい」

玲奈が靴を脱いでこちらを見た。

ちょっと視線が下にいってから、顔を不自然にそらしたのがわかった。

（やばっ、勃起……み、見られたっ）

あの恥ずかしそうな表情は間違いない。

通報される前に帰ろう。

「それじゃあ、俺はこれで……」

股間をさりげなく隠しつつ、踵《きびす》を返したときだ。

「あ、ちょっと待って」

玲奈が引き留めてきた。

「せっかくだから、ベッドまでお願い……足がずきずきして、歩けそうもないの」

片足立ちでそう言われると、放っておく訳にもいかない。

「いや、でも……ほら、俺も全身ずぶ濡れだし」

「いいよ、そんなの」

と、玲奈は手を出してきた。

（もしかして、勃起は見られてなかったのか……）

そういうことならと安堵して靴をぬぎ、玲奈に肩を貸してリビングまで連れていく。

フローリングのリビングワンルームはわりと広かった。

奥にベランダに出られるサッシがあり、その横にベッドがある。

ベッドを見ただけでちょっとドキドキした。

このまま押し倒してしまいたい衝動にかられる。

(そんなことしたら確実に通報されてしまうな……)

そんなくだらないことを考えていたら、つまずいてしまった。

「わっ」

ベッドにふたりでもつれて、倒れ込む形になった。

「ご、ごめん、大丈夫か？」

咄嗟《とっさ》に玲奈を庇《かば》ってこちらが下になったのだが、玲奈の捻った足首が心配になった。

するとだ。

ずぶ濡れの彼女がじっと見つめてきて、ビンビンの股間に触れている右腕をかすかに動かしている。

「岡野さんのここも腫《は》れてるけど、大丈夫？」

玲奈が真顔で言いながら、さらに強く股間を撫でさすってきた。

彼女の手つきは肉竿の硬さやサイズを推し量るようないやらしいもので、慌てて腰を引く。

「お、おいっ……」

「うふんっ、真っ赤な顔して……かーわいい……」

すりすりとさすられると、どうにかなってしまいそうだ。

「れ、玲奈ちゃん……や、やめないか……」

「あれー、やめていいのぉ？　抜いて欲しいんじゃないの？」

ぱっちりした目が迫ってくる。

（なんて奔放《ほんぽう》な子なんだ……見た目通りだな……）

こんなエッチな子は初めてだった。

でも……正直、真険交際するんじゃなければ、相手が奔放でも淫らでも構わない。

こんなに色っぽいグラマーな子だったら、ヤラせてもらえるだけでうれしいに決まっている。

「ど、どういうつもりで……」

「やだっ、ウフッ……岡野さん、腰が動いているっ」

「えっ……？　あっ……」

自然と腰を押しつけていたようだ。

恥ずかしくなった。

「ウフフフ……エッチィ……ねえ、玲奈のこと、ここまで送ってくれたお礼をしてあげるね」

「え？」

戸惑っていると、慣れた手つきで濡れたTシャツを脱がされた。

そうして手際よく、ジャージとパンツを膝まで下ろされて、勃起が、ぶるんと飛び出してしまうのだった。

5

「やば……岡野さん、おっき……それに男臭い」

玲奈が勃起を握りながら、顔をしかめる。

確かに汗と雨の臭いが混ざって、ホルモン臭がする。

玲奈を自転車の後ろに乗せて走ったり、肩を貸して歩いたりしたから汗をかいたのだ。

「いや……ごめん……」

反射的に謝ってしまうと、玲奈に笑われた。

「ウフフ。でも玲奈ね、この匂い、好きなのよねぇ」

その言葉どおりに玲奈は根元を甘く握り、ゆったりとシゴいてくる。

「うっ……」

腰が痺れて、ちょっとビクッとさせると彼女がまた笑った。

「アハッ、びんかーん。これだけで感じちゃうんだ。かわいーね、岡野さんって。真面目そうに見えたけどやっぱりエッチだわ。お仕置きっ」

「お、お仕置きって？」

「今から玲奈の魅力を、このオチンポにわからせてあげるのぉ。ウフッ」

玲奈が半開きの口から、ツーッとヨダレを垂らしてきた。

その泡のついた半透明の体液が亀頭にかかり、さらにカリのくびれに流れていく。

玲奈の右手が、その唾にまみれて濡れた亀頭を上下にこすってくる。

(えっ……なっ？)

手筒の中は唾液と汗とガマン汁で、もうぐちゃぐちゃだ。

「く、くおっ……」

唾を潤滑油にされて、ぐちゅぐちゅと卑猥な音が立つ。唾液まみれの手コキをされて、くすぐったいような甘い刺激が全身に広がった。

（な、なんだこれは……エロいっ）

果穂が口に唾を落としてきて度肝《どぎも》を抜かれたというのに、玲奈はそれ以上に過激な手コキを披露してくる。

それに加えてだ。

（この子、うまい……）

玲奈の手つきが、やたらと慣れているのだ。

「ウフフ。オチンポ、ビクビクさせて……エッチね」

彼女にイタズラっぽい目で見られてゾクッとする。こんな若い子に翻弄されて恥ずかしいが、身を任せたくなる雰囲気がこの子にはある。

「じょ、上手なんだよ……玲奈ちゃんが……」

ハアハアと息があがってきた。

玲奈はこすりながら、上目遣いでウフフと笑う。

「やだ……そんなにうまくないよぉ……ああん、なんか岡野さんがエッチな匂いさせてきちゃうから……私も興奮しちゃう……」

玲奈がさらに左手を重ねてきた。

両方の手のひらで亀頭を包み込んで、敏感なカリの裏側や鈴口の部分をじっくりと丹念に撫で回してくる。

「あ……ああ……」

今まで経験したことのない手コキだった。

鮮烈な刺激に恭介は全身をぶるぶると小刻みに震わせ、雨で濡れた身体が汗ばんでくる。

「ウフフ。もっとエッチな声、出してもいーよ」

玲奈がまぶしそうに目を細めて、ささやいてくる。

完全にイニシアチブをとられている。

こちらも反撃したいと思うのだが、あまりに気持ちがよすぎて、きっかけがつかめない。

それでもされるばかりでは面白くない。

そう思い、若い爆乳に触れようと手を伸ばしたときだ。

玲奈は恭介のジャージとパンツを足首から抜き取ると、続けて恭介の両脚をM字開脚に割り広げて、男の股間に美貌を近づけてきた。

「えっ！　おおお！」

会陰《えいん》部分をぺろぺろと舐められて、さすがに悲鳴をこらえきれなかった。

蟻《あり》の門渡《とわた》りという性感帯だ。

柔らかい部分に舌を這わされ、がくがくと腰を震わせてしまう。

「ウフフッ。オチンポがビクビクしてる……いーよ、舐められながらたくさん興奮してね」

甘ったるくささやきながら、また舌が、ねろっ、ねろっ、と恭介の肛門から性器までを這いずり回ってきて、目がチカチカするくらい感じてしまう。

「くううっ……くぅぅ……ああ……た、たまらないよ……早く舐めてくれないか」

情けない声を漏らす。

しかし玲奈は姿勢を低くして会陰を舐めながら、

「ウフフ、まだ、だめーっ」

と笑い、今度は睾丸に唇を近づけてきた。

「えっ？　お、おおおう……！」

袋ごと吸われると、腰がくだけそうなほどすさまじい衝撃があって、頭が真っ白になる。

しかも睾丸を吸われながら、竿までシゴかれていた。

（くっ……うう……なんなんだ、この子は……）

勃起がさらにビンビンになる。

すると玲奈は急に舐めるのをやめた。

えっ、と思い上体を起こして股間を見ると、彼女は目を細めて恭介の顔を見つめていた。

「あんっ、先っぽからエッチなオツユ、いっぱい出てきたよ……」

「い、いや、気持ちいいんだよ……」

恭介は小さな声で返すのが精一杯だった。

（なんで俺が恥ずかしがるんだ）

いや、この子がそうさせるのだ。

彼女に見入られると、なんだか妙に気恥ずかしくなり、抵抗できなくなってしまう。まさに小悪魔だ。

「へえ……気持ちいいのね……でも、フツーの男の人はこんなに出ないよぉ」

玲奈は舌をペロッと出すと、恭介の勃起の鈴口に指をつけてちょんちょんとしてから指を離す。

すると、粘着性の液体がツゥーッと糸を引いたのが見えた。

「やだもう……こんなにねちゃねちゃして……」

言いながら、玲奈が何度も鈴口を撫でる。

そのたびに納豆のようにねばねばしたガマン汁の糸が見えて、猛烈な羞恥が襲ってくる。

「そ、それ、恥ずかしいから、やめてくれないか」

「やーだ」

ウフフと笑いながら、玲奈がガマン汁のついた指を、ぺろっと舐めて顔をしかめる。

「しょっぱい……こんなの舐められない……」

玲奈が言うと、こちらは泣きそうになった。

千鶴や果穂たちはガマンして舐めてくれたのだろうか。

若い女の子がいやがるくらいの臭いと味なのかとしょげていると、玲奈はまた淫靡な目を向けてきて、口角を上げる。

「ウソウソ。アハハ、泣きそうになってる。可愛いんだから……」

玲奈は笑いながら四つん這いになると、いよいよ勃起の近くまで顔を寄せてきた。

柔らかな息が切っ先にかかるのを感じる。

玲奈が鼻をくんくんしながら、こちらを見た。

「ああんっ、ホントにいやらしい匂い……」

そう言ってショートボブヘアを軽く手ですきながら、濡れたピンクの舌を差し出した。

舌の腹がねっとりと肉竿の裏を這いあがってくる。

「むうう……」

恭介は首に筋を立てるほど、感じてしまった。

焦《じ》らしに焦らされて、ようやくペニスを舐めてくれたのだ。ざらついた舌が表皮をこするだけで、早くも腰が痺れてきた。

「ウフフッ……ぅんんっ……うふんっ……」

吐息をいやらしく紡《つむ》ぎながら、玲奈はさらに舌を躍らせる。

「おおっ……おおおっ……」

まるで勃起にからみつくようないやらしい舌使いに、恭介はもういても立ってもいられなくなる。

ハアハアと息を上げつつ、上体をわずかに起こして下腹部を見れば、玲奈は愛おしそうにペニスに頬ずりしたり、舐めたりしながらこちらを見上げてくる。

（くぅう。なんてエッチな顔して舐めるんだよ……）

玲奈は挑発的な目をして、ねろり、ねろり、とガマン汁を舐めとるように舌を使う。さらに鈴口を舐められた。

「おううっ……！」

強烈な刺激に身をよじると、

「ウフフ……ホントはね、美味しいよ……」

今度は尖《とが》らせた唇で鈴口をチュッと吸い、ガマン汁をすすり上げる。

「う、くっ……」

なんという気持ちよさだ。

尿道が熱くなってきて、恥ずかしいのに腰を浮かせてしまう。

「やだぁ……やっぱりかーわいい」

玲奈は含み笑いしながら、亀頭部をアイスキャンディーのように舐めてくる。

ギャルに唾液まみれにされた勃起が、もっとして欲しいとばかりにビクビクと脈動《みやくどう》した。

「やん、もっとしてってオチンポが言ってるね。よーし……」

玲奈は小さな口を大きく開くと、ようやく亀頭部を咥《くわ》えてきた。

「うっ！」

敏感な先端が温かいものに包まれる。

濡れたショートボブヘアの隙間から、咥え込みながら、うっとりと目を細めていく彼女の顔が見えた。

男の性器をしゃぶるだけで、彼女は感じているのだ。

そんな表情をされただけで気持ちが昂ぶるのに、さらに玲奈はリズミカルに顔を上下させてきた。

「くおおっ……」

さらに味わうように恭介の亀頭をしゃぶりながら、深く咥え込んでくる。

「ンフフッ……んう……ンンッ」

恭介がつらそうに震えているにもかかわらず、玲奈はうれしそうにこちらを見上げては、じゅるじゅると音を立てて肉竿をすすってくる。

（くううっ、フェラチオ……う、上手い……）

温かな潤みだけでもイッてしまいそうなほど気持ちいいのに、玲奈は唇のすぼめ方がやけに上手い。

しかもだ。

ぷっくりした柔らかい唇の感触がいい。

厚ぼったい、ぷるるんとした唇で勃起の表皮をスライドされると、もう全身鳥肌が立って、シーツを握って腰を震えさせてしまう。

「ううっ……」

追い詰められるように性器を吸われる。

魂まで抜かれてしまいそうだ。

ただベッドの上で雨と汗にまみれた身体を悶えさせて、玲奈の激しいおしゃぶりに、なすすべもなく身体を熱くすることしかできない。

（す、すごい……）

気を抜いたら、一気に射精してしまいそうだ。

玲奈は男性器をしゃぶっては、口から離して舌で舐め、またしゃぶり、ときには頬ずりしたり、手で撫でさすったりしながら愛撫してくる。

（生意気なのに、こんなに奉仕好きなんて……）

勝ち気で奔放な可愛いギャルが、股ぐらで一心不乱に男のモノを舐めている様は見ているだけで興奮が増す。

「んんうっ……んんう……」

次第に玲奈も興奮してきたらしい。

鼻息が荒くなって、頭を打ち振るスピードが速くなってくる。

雨で濡れた短パンの尻がもどかしそうに、左右にぷりぷりと揺れているのもエロティックだが、それよりもやはりおっぱいだ。

濡れたTシャツの乳房が、玲奈の動きに合わせて、ぶるんぶるんと揺れ弾んでいる。

その揺れ具合がすさまじい。

（ホントにすごい身体だな……）

フェラが上手い上に、見た目のグラマーさも興奮を煽ってくる。

たまらなかった。

もたらされる快感がすごくて、思わず天を仰いで目をつむってしまう。

「も、もうだめだ……気持ちよすぎるよ……出ちゃいそうだ」

熱いものが尿道をせり上がってきた。

さらに切っ先も痺れてくる。

会陰がひりつくように熱くなり、射精の前のむず痒さがやってきて脂汗がにじんでくる。

玲奈が勃起をちゅるっと口から吐き出して、目を細める。

「ウフフ。出してもいいよぉ……」

言われて、ハッとした。

ここで出したら回復まで時間がかかる。

夕方には、寿司屋に出勤しないとまずい。

今日は大将が遅れるので、恭介が早めに行って仕込みをしないと開店に間に合わなくなってしまう。

何よりこの前、果穂とラブホテルに行ってから出勤したときに、遅刻してしまったのだ。

「い、いや……待て……待ってくれ」

このままだと口の中に射精してしまいそうだった。

二十三歳に口で抜かれるのも恥ずかしいし、玲奈の口に出すのも悪い。

それに何よりも、イクなら玲奈とセックスをしてイキたかった。

「待ってって、なんで？」

「いや……口に出しちゃうからさ」

正直に言うと、玲奈が三日月のような目をして愛らしく笑った。

「ウフッ、出してもいいのにぃ……玲奈のこと心配してくれるのね。じゃあ、ご褒美あげよっかな。ずっと玲奈のおっぱい見てる、おじさんに」

「えっ？　ああっ……」

恭介の目が大きく見開かれた。

玲奈がTシャツの裾に手をかけて、ゆっくりたくし上げたからだった。

6

（うわあ、すげえ！）

玲奈は背中に手を回して、雨で濡れた薄緑色のブラジャーを外した。

とたんに、ぶるるんっ、と唸《うな》るように、巨大なおっぱいが飛び出した。

見たこともない巨乳だった。

グラビアや動画でしかお目にかかったことのない、量感たっぷりのバストだ。

デカすぎて重力に負けて、裾野《すその》がぺったりしている。

（こんなにデカいって……Gカップとかあるんじゃないか？）

息が詰まって、何も言えなかった。

ただぽかんと白っぽい大きなふくらみを眺めることしかできない。

素晴らしいのは、太っているわけではなく、本当におっぱいだけが大きいということだった。

まさに選ばれし者だけのグラマラスボディ。

しっかりと瘦せていて、ボン、キュ、ボンの、男がそそられるスタイルのよさだったから、

（あっ……）

呆けすぎてヨダレを垂らしそうになり、慌てて袖で口元を拭う。

しかも、おっぱいそのものがキレイだった。

乳肌が張り詰めていて若々しい。

白い乳肌に静脈が透けて見えている。乳輪の大きさもほどよくバランスがとれたちょうどよさで、色は透き通るようなピンクだ。

「ウフフ。目がいやらしいよ。玲奈のおっぱい、結構自慢なんだぁ」

「そ、そうだろうね……」

「ウフフ、褒めてくれるのね」

「そ、それはもちろん」

というよりも、この乳房を前にして、褒めない男などいるのだろうか？

玲奈はうれしそうに、自分の乳房をぐいと持ち上げた。

「うんしょ……ウフフッ……自慢のおっぱい……しっかり味わってね……」

えっ、と思う間に、玲奈はおっぱいを硬くなった肉棒に押しつけて乳房で挟み込んできた。

（え？　こ、これって……）

赤褐色の男根が真っ白い乳肉に挟まれた。

その様子は、まるで真っ白いパンに挟まれたビッグフランクのようだ。

ふたつの乳房が大きすぎて、ほとんどイチモツが全部おっぱいに埋まっており、かろうじて胸の谷間に亀頭部が見えている。

すごい光景だった。

「こ、これ……パイズリっ……」

「ウフフーッ。男の人って、こういうの好きでしょ」

玲奈は小悪魔的な笑みを見せると、両手で左右から乳房をギュッと中央に寄せてチンポを肉房に埋めてくる。

（ふ、ふおおお……）

ムニュッ、ムニュッ、として柔らかく、雨に濡れて生温かい乳房に自分の性器が包み込まれている。

生まれて初めての経験だ。

よほどの巨乳じゃないと、こんなことはできないし、風俗でもされたことがない。

夢のようだ。これがパイズリか……。

「……あんっ……オチンポ……硬くて熱いっ……」

玲奈が表情をとろけさせる。

(乳房で男根の熱い疼きを感じとって欲情するなんて……なんて子だ)

圧倒されていると、

「ウフフ……」

玲奈は目を細めて、こちらを見て微笑んだと思ったら、また唾液を口からチンポに垂らして、おっぱいで引き延ばし始めた。

「くっ……ああ……っ」

弾力ある乳肉でペニスが圧迫される。

それだけでも得も言われぬ快感なのに、さらに唾のぬるぬるでゆったりと上下にシゴかれると、脳みそごととろけそうだ。

（き、気持ちいい……）

感触もいいが、パイズリは見た目がすごかった。

雨と唾液で濡れたおっぱいで、男根をもみくちゃにされている。

見ているだけで、たまらない興奮が湧き立っていく。

「ウフフ……」

玲奈はまたこちらを見ながら、さらにおっぱいを中央に寄せて、肉棒を圧迫しつつ、今度は身体全体を上下に揺すり始めた。

「くううっ、玲奈ちゃん……ああっ」

ゆっさ、ゆっさと乳房が揺れ弾むごとに、勃起の芯が熱くなっていく。

「くうっ……くうう……」

もう何も言葉が出ない。

ただ、ねちゅ、ねちゅ、と卑猥な音を立てながら、両パイがチンポの表皮を甘くこすっているのを、陶然《とうぜん》と見ることしかできなかった。

（す、すげえ……）

チンポが甘い快楽に包まれて腰がひりついた。

しかも玲奈の硬くなった乳首が下腹部《かふくぶ》を刺激してくるのもたまらない。

(この子も興奮してる……)

頭をぼうっとさせながら、なんとか上体を起こして下半身を見る。

「ううんっ……ううんっ……」

玲奈がうわずった声を漏らしながら、左右のおっぱいを互い違いにこすり上げていた。

おっぱいに犯されてるんだという気持ちが、甘い陶酔に拍車をかける。

亀頭部だけは谷間からハミ出ていた。

(ああ、もう……もう……)

その尿道口からドクドクと噴《ふ》きこぼれる先走り汁が、玲奈の唾液に混じって、ねちゃねちゃと音を立てている。

真っ白いおっぱいが、いろんな体液にまみれてぐちゃぐちゃだ。

汗と唾液とガマン汁が混じって、いやらしい性の匂いが立ち籠めている。

「あんっ……すごい……ビクビクしてるっ」

玲奈は瞳をうるうるさせながら、ハアハアと喘いでいる。

自分のおっぱいを使って男を愛撫し、さらに自分も気持ちよくなっている。

最高だった。

もう腰がひりついて、堪《た》えられそうにない。

腰を浮かせて押しつけるようにすると、

「うふっ、出したいのね、玲奈のおっぱいで……」

「ああ……も、もう……えっ？」

さらに驚いた。

というのも、玲奈がおっぱいで竿の部分を挟みながら、飛び出た先っぽに唇を被《かぶ》せてきたのである。

「ふおおッ……！」

感じすぎて、目の焦点が合わなくなってきた。

パイズリとフェラ。

まさに快楽のダブルコンボだ。

「れろおっ……んちゅ……んちゅぅ……」

玲奈の赤い舌が、亀頭を美味しそうに舐めている。

その間も、根元部分は柔らかい乳房でこすられている。

もうこんなの天国としか思えない。

（気持ちいいっ……意識が飛びそうだ……）

玲奈はおっぱいで根元からカリ首をゆったりシゴき、同時に鈴口にチュッと唇をつけて、またガマン汁をすすり飲んでくる。

「美味しい……」

そうして悩殺的な上目遣いで、恭介を見つめてきた。

セックスしたいという欲望は消えた。

もういい。

もう出したい。

尿道が熱くなり、射精前の甘い陶酔が頭の中をとろけさせていく。

「ああ……出るよ……出るよ……」

腰を震わせて情けない声で訴える。

玲奈が勃起から口を離して、ニコッと笑う。

「いいよ……出したくなったらこのまま出してね……玲奈のおっぱいに熱いのいっぱいかけて……」

玲奈は恭介を追い込むように、じゅぽっ、じゅぽっと顔を打ち振った。

おっぱいで竿を刺激され、先っぽは口と舌で愛撫されている。

(だめだっ、ガマンできないっ！)

甘い陶酔は限界を超えた。

「あうう……で、出る……もう出る……」

泣きそうな顔で玲奈を見れば、

「ウフフッ、岡野さん、可愛いから……おっぱいにかけるより飲んであげよっかなぁ……おいしーの、ちょうだい」

えっ、と思う間にパイズリのまま、先っちょを咥えられた。

(なっ……の、飲むって……)

驚いている恭介をよそに、玲奈は両方の頬をへこませて、パイズリチンポをチューッと吸いあげてきた。

「うぁぁぁっ」

初めてのバキュームフェラ。

問答無用の気持ちよさだ。

「だ、だめっ……玲奈ちゃん、そんなにしたら……で、出るっ」

あまりの気持ちよさに腰が震えた。

「くううっ……！」

尿道に甘い刺激が走ったときだ。

ギャルの口中で肉茎《にくけい》が跳ね、一気に精液が噴き出した。

ドクンッ、ドクンッという放出が、短い感覚で襲いかかってくる。

「……っ！」

玲奈が大きな目をさらに見開いた。

想定を超えた量の精液を口で受け止めたのだろう。

それでも玲奈は目をつむって必死に喉を動かしていた。

（ウ、ウソだろ……ホントに、の、飲んだ？）

信じられなかった。

千鶴や果穂にもしなかった口内射精を、玲奈はつらそうにしながらも受け止めてくれている。

（あんな臭いのを……こんな可愛いギャルが飲んでくれるなんて……）

罪悪感を覚えつつも、玲奈が飲んでくれたことに至福を感じる。

ようやく射精が終わると、玲奈が顔をしかめながら勃起から口を離した。

「もうっ……いっぱい出すんだもん。びっくりしちゃったよぉ……うぇー、岡野さんのすごく濃い……」

怒っているかなと思った。

しかし玲奈は顔を近づけてきて、イタズラっぽく笑った。

「ねばっこくて……すごい味……こんなに濃いのをおまんこに入れたら、妊娠しちゃいそう」

玲奈の口から、精液の匂いが漂った。

（に、妊娠？）

過激なことを言われてドキドキした。

玲奈がウフフと笑いながら、キスしてきたのでさらに驚いた。

（精液を飲んだ口で、キスしてくるなんて！）

なんてイタズラっ子だと思うのだが、そのキスは、けして嫌なものではなくて、愛おしいものだった。

第五章　電マとシングルマザー

1

（最後までしたかったのに……おしかったな……）

玲奈にパイズリとフェラチオのコンボで、見事なまでに射精させられたわけだが、出勤の時間がきてしまい、そのあとは何もできずに玲奈の家から帰ることになった。

初パイズリは最高だった。

とはいえ、だ。

あのＧとかＨカップはありそうな、魅力的な巨乳を揉んだり吸ったりできなかったのはなんとも心残りだ。

いや、それもそうだが、やはりセックスできなかったのが残念すぎる。

そんなすっきりしない気持ちはあったものの、玲奈とのセックスは時間の問題だと思っていた。

そんなウキウキした気分で、それから二日後、ジムに行ったときだ。

玲奈がいたので驚いた。

(あれ、捻った足はもう大丈夫なのか？)

見ていると、ごくごく自然に違和感なく歩いている。

たいしたことなかったのだろうか。大事に至らなかったのならよかった。

さて、どんな反応をされるかなと挨拶すると、

「おはようございます」

と、玲奈から素《そ》っ気《け》ない返事をされて「あれ？」と思った。

揺れる巨乳はいつもと同じなのに、どこかツンケンしていて不機嫌そうだ。

(なんだ？　一昨日のこと、怒っているのか？　最後までしなかったから？)

しかし別れ際もキスしたし、雰囲気は悪くなかったはずだ。

なんだろうと思っていると、玲奈はこちらを気にする素振《そぶ》りなどまったくなく、そのままストレッチルームの方に歩いていってしまった。

(へ？　なんなんだ……)

避《さ》けられているような気がする。

不思議だ。

皆目《かいもく》見当がつかない。

ランニングマシンに乗って走っていてもどうも気になるので、途中でやめて玲奈がいるストレッチルームに行ってみた。

マットが敷いてあるストレッチルームには玲奈しかいなかった。

ちょうどいいやと思い、恭介もシューズを脱いでマットに上がり、親しげに玲奈に近づくと、

「何？　やだもう……ストーカー？」

玲奈がじろりと睨んできた。

最初は冗談だと思った。

ところが玲奈はにこりともせず、マットの上で大きく足を開いて、汗ばんだ身体を伸ばして、目を合わせようともしない。

「いや、その……足は大丈夫かい？」

たまらず声をかけると、また睨まれた。

「……腫《は》れがひいたら、そんなに痛くなかったし……今日は軽い運動だけしようかなって思っただけ」

「そ、そうかい。それはよかった」

ニコッと笑ってみる。

また無視された。

彼女は口をつぐんだまま、ストレッチを続ける。

なんでこんなに機嫌が悪いんだろうと、彼女をじっと見ていたら、

「何ですか？」

刺すような声が飛んできた。

さすがにガマンできなくなってきた。

「なんで怒ってるんだよ、おとといのことかい？」

思いきって訊くと、玲奈は首を振る。

「岡野さん、さっき五月《さつき》さんと仲良さそうにしてたでしょ……何あれ」

「へ？」

五月というのは朝の時間帯にジムにやってくる人妻であり、恭介も顔見知りになって、よく話す常連さんだ。

たしかに先ほど挨拶して、少し談笑した。

だが、はっきりいってタイプでもなんでもない。

話しやすいから話しているだけの人である。

「仲良さそうって……いや、別にあの人とはなんでもないけど……」

「玲奈も、岡野さんとはなんでもないけど」

ツンケンしても、二十三歳の可愛いギャルだ。

パッチリした目で睨まれても、別に迫力も何もないし……可愛いとしか思えない。

「あのさ……」

ちょっと肩を触ったときだ。

「触らないでっ！」

腕を引かれて、さすがにちょっとムッとした。

嫉妬《しっと》なら可愛いと思えるけど、ただ他の女と話しただけで、この仕打ちは面倒くさいなと思った。

「悪かったよ」

と、とりあえず謝ってから恭介は踵を返して、シューズを履いてストレッチルームを後にする。

（まいったな、こりゃ……）

まだセックスもしていないし、付き合うなんて雰囲気さえ、ふたりの間に漂ってもいなかった。

それなのに、あの癇癪《かんしゃく》はどうしたものだろう。

（やっぱり若い子は面倒くさいな……）

ひとまわりも違うのだから、嫉妬する彼女を可愛いと思えるくらいの寛容《かんよう》さは持ち合わせている。

けれどもだ。

冷静に考えて、彼女のご機嫌をとって仲直りする意味なんかあるのだろうか。

あのムチムチしたグラマーな身体を思う存分味わいたい。

二十三歳の弾けるような肉体とたわむれたい。

その気持ちはある。

だけど、こんなおじさんと身体の関係を続けてくれるとも思えないし、ましてや付き合うなんて考えてもいないだろう。

とすると、無駄なことに思えてくる。

雨の中、助けてくれたお礼にパイズリをしてくれた。

それだけのことだったのかもしれない。

まあそうだ。

相手は二十三歳の可愛いギャル。

男もよりどりみどりだろうし、わざわざこんなおじさんとなんて……。

身体は魅力的だが、話も合わなさそうだし性格もどうかと思う。

付き合うとか、ましてや結婚することを考えるなら、現実的にはやはり自分と同世代の女性が無難だろう。

季実子と果穂の顔を思い浮かべる。

いよいよ真剣に、どっちがいいかと考えてしまう。

2

「いくよーッ」

季実子の子どもの雄助が元気一杯、ボールを蹴った。

親父はうまく利き足でトラップできず、後ろにそらしてしまう。

ボールは中庭の奥まで転がっていく。雄助のパスに勢いがあったのだ。

「うまくなったなあ、雄助くん」

縁側に座った恭介が感心したように言うと、隣に座る季実子がクスッと柔らかく笑った。

「ホントに。恭介さんと岡野さんのおかげだわ」

「いやそんな。俺たちは場所を提供してるだけですから。季実子さんも忙しいのに、こうして熱心に連れてくるから、うまくなったんですよ」

「だって、あの子が絶対に行きたい、岡野さんたちと遊びたいって、一度言い出したら聞かないんですもの」

そう言って、季実子はわが子に目を向ける。

その横顔が本当に美しかった。

切れ長の涼しげな目で、鼻筋の通った端整な顔立ち。

美容師らしく、漆黒の艶髪がいつもさらさらで、甘い匂いをさせている。

落ち着いた所作や物腰の柔らかさが、品のある大人の女性を感じさせる。

近寄りがたいくらいの美人オーラである。

（いい女だよなあ……）

それでいて、そこはかとない色気にもグッとくる。

清楚で優しいお母さんの顔を見せる一方で、ふと見せる官能的で妖艶な表情は思わず抱きしめたくなるくらいエロいのだ。

（スタイルもいいんだよなあ……）

男が守ってあげたくなる雰囲気は、おそらくこのスタイルのよさにも関係してると思う。

ノースリーブのワンピースが似合うスレンダーさ。

それでいて、お尻や二の腕は柔らかそうな、熟女らしい熟れ具合だ。

胸元は小ぶりだけど、充分に女らしいふくらみを描き、ワンピースの裾からのぞく、むっちりした太ももが悩ましい。

露出ひかえめの彼女が、たまに見せる柔肌《やわはだ》に、興奮せずにはいられない。

押せば付き合えそうな気がする。

だけど、その一歩が踏み出せない。

それはもちろん果穂の存在だ。

果穂とはあれ以来、セックスはしていなかった。向こうもこっちも忙しくて、時間が取れないのだ。

でも、セックスしなくても、果穂と会っている時間は楽しかった。

昔から知っているから気兼ねなく話せるし、イチャイチャするのも照れるけれど、照れながらイチャラブするのも悪くない。

だけど……このひかえめな季実子の雰囲気もいい。

(正反対のふたりを好きになるなんてなあ)

そんなことを考えていたら、季実子が顔を覗き込んできた。

「どうしたのかしら」

「え？　あ、いや……そうだ。ウチの寿司屋に来る計画、どうしますか？」

先日、珍しく月曜日以外に休みが取れそうだと言っていたから、招待したのである。

ところがだ。

「ごめんなさい、お休みなくなっちゃって……」

季実子が頭を下げた。

「そうですか……残念だなあ……」

本当に残念だった。

自分が寿司を握っているところを見せたい、という気持ちだけではない。

季実子に外でゆっくりと食事を楽しんで欲しかったのだ。

彼女の顔に、シングルマザーの疲れが見えるときがある。女手ひとつというのは大変だと思う。

少しでもリラックスして欲しかった。

（リラックスか……あっ、そうか……）

ふいに宅配便業者の姿が、中庭の柵の向こうに見えてピンときた。

「あの……季実子さん」

「はい？」

「俺、出前しますよ。来週の月曜日の昼に……お家にお邪魔して寿司を握るってのはどうですか？」

「え？　そういうサービスもしてるんですか？」

「いや、してないですけど、特別です。新鮮な魚も仕入れて酢飯も持っていきます。そうだ、それがいい」

いい考えだと思ったが、季実子は首を横に振った。

「悪いわ、そんなの……それに、その……お寿司屋さんに特別に家まで出張してもらえるほどお金に余裕もないし……」

「そこは心配しないでください。ご馳走しますから」

「えっ……だって……」

「ウチの、というか俺の寿司を食べて欲しいんですよ。これは別に仕事じゃなくて親しい友人からの提案です。たまにはいいでしょう？」

結構な決意で言った。

というのも、月曜の昼間にお宅に行くというのは、子どものいない未亡人と家でふたりきりになるということだ。

もちろん何かが起きるという訳ではないが、でも、ふたりきりというのは抵抗があるだろう。

彼女はしばらく考えてから、顔を上げた。

「……でもホントにいいのかしら……」

「いいんですよ。遠慮しないで」

念を押すと、季実子が申し訳なさそうにはにかんだ。

(おおお！　やったっ)

心の中でガッツポーズしたときだ。

雄助のサッカーの相手をしていた親父がこっちを見て、ニヤッとした。

季実子との会話は聞こえていないはずだが、おそらくふたりの雰囲気を察して、ほくそ笑んでいるのだろう。

3

次の月曜日の朝。

市場で魚介類を仕入れた後、休みの厨房を借りて仕込みをすませ、酢飯とともに寿司を握る一式をクルマに積んで季実子の家に向かう。

アパートの二階の一番奥が、季実子の住んでいる部屋だ。

インターフォンを鳴らすと、すぐに彼女がドアを開けて、出てきてくれた。

(おっ……)

ドキッとしてしまった。

というのも、季実子があまり見たことのない化粧をしていたからだ。

目元がくっきりしていて、いつもより涼やか。唇はリップグロスを塗ったのか、キラキラしたピンク色で濡れ輝いている。

(キ、キレイだ……)

ナチュラルメイクでも充分に美人である。

だから、しっかりめのメイクをしたら、神々しいほどの美しさになるんじゃないかと思っていたが、実際に見たら想像以上だった。

しかもフリルのついた可愛いブラウスと、太もものシルエットが透けて見えるセクシーなシフォンスカートがよく似合っていて、さしずめＣＭに出てくるような女優やモデルみたいである。

顔を熱くしていると、季実子は目をパチパチさせた。

「その格好……それにそんな大荷物で……」

季実子が驚くのも無理はない。

恭介は気合いを入れていつもの調理用の白衣とエプロンを身につけ、クーラーボックスとさらに大きなバッグを持ってきたのである。

「いや、せっかくだから、本格的にやろうかなって」

季実子はいたく感動したようだ。

「そんな……ホントにすみません、私なんかのために……」

「いいんですよ」

季実子は何度も頭を下げながら、恐縮して中に入れてくれた。

こぢんまりしたダイニングだった。

キッチンも簡素だが、きちんと整理されている。

奥にはテレビとソファが見える。

仕切りの戸はないが、向こうはリビングとして使っているらしい。几帳面《きちょうめん》さと生真面目さがにじみ出ていた。

けして華美ではないけれど、キレイにしている雰囲気がある。几帳面さと生真面目さがにじみ出ていた。

そして……男の気配はまるでなかったのでホッとした。

こんな美人が普通の会社に勤めたら、同僚やら取引先の男が放ってはおかないだろう。

だけど彼女は、地元のおばさんしか来ないような美容室に勤める美容師だ。男との出会いがないのだ。出会えたのは本当にラッキーだった。

問題は再婚する意思があるかどうかだ。

しかし、こうして家にまで上げてくれたというのは、少なくとも好意めいたものはあると思って間違いないだろう。

「あの……どうすればいいですか」

季実子が訊いてきた。

「キッチン、お借りしていいですか？」

「あっ、はい……でも、プロの方が使うような道具がなくて……」

「大丈夫ですよ。包丁とかまな板も持ってきたので」

大きなバッグから刺身包丁を取り出して見せると、

「すごい、やっぱりきちんと手入れされてるのね」

と、いちいち感心してくれるので、うれしくなった。

ダイニングテーブルに季実子を座らせて、その前でタッパーに入れてきた鮪《まぐろ》やはまち、サーモンなどのサクを見せる。

「すごい、キレイね」

目を輝かせてくれる季実子を見て、恭介は目を細める。

横には酢飯の入った小さな寿司桶もある。

「何から握りましょうか」

ちょっとわざとらしく、手をぱんぱん叩いて威勢よく言うと、緊張していたような表情を見せていた季実子はクスクス笑ってくれた。

「お寿司って、順番があるのかしら」

「そういうのを言う人もいますけどね。確かに旬のものを食べて欲しいって気持ちはありますけど……いいんですよ、食べたいものからで」

「じゃあ、お任せでお願いできますか」

「はいよっ」

かけ声でまたクスクスと季実子が笑った。

嫌いなものはないかと尋ねたら、ないと答えたので、オーソドックスに旬の魚から握っていく。

わさびやしゃりの案配を考えつつ握り、皿の上に置く。

「どうぞ。カンパチです」

握ったばかりの寿司を見て、

「わあ、美味しそうね」

と季実子が目を輝かせて、箸で寿司を持ち上げて醤油皿にネタの部分を少しつけて口に運んでいく。

食べ方も上品だ。

「すごい、美味しい。新鮮で」

「もうすぐ旬をむかえる魚です。身が引き締まって美味しいでしょ」

次はアジだ。

こちらも夏が旬なので脂が乗っている。

握って出すと、季実子はすぐに口に運んで、また顔をほころばせる。

「私、高級なお寿司なんて食べたことないけど、でも、ぷりぷりしてて、回転寿

いたく美味しそうに食べてくれるので、こちらも握りがいがある。

「あ、お茶を淹《い》れるわね」

季実子はすっと立ち上がり、近づいてきて横にある食器棚の前で、お茶の用意を始めた。

(ああ……いい匂いだ)

メイクや香水の匂いはしなかった。

気をつかってくれたのか、匂いのするものは身につけなかったのだろう。

それでも彼女自身から甘い匂いがしてくる。

体臭なのだろうか。

子どもは保育園の年長さんだから、もう母乳は出ないはずなのに、ミルクのような匂いも混ざっている気がする。

(これで三十五歳なんだもんなあ)

肌のきめの細やかさは三十代半ばとは思えない。

それでいて、このムンムンとした未亡人の色っぽさにクラクラしてしまう。

「どうぞ」

季実子が湯飲みを、邪魔にならないようにテーブルの隅に置いてくれた。

「あ、すみません……」

手を拭いてから湯飲みを持ち上げたとき、ふいに季実子の後ろ姿を見てしまった。

スカートの生地が薄いから、お尻の丸みがうっすらと見えている。

その豊満なヒップが、歩くたびに、むにゅ、むにゅ、と左右に妖しくよじれるのだ。

（スレンダーなのに、お尻の量感がすごい……ぷりぷりだよ）

やはり三十路を過ぎた女の尻はいい。

実にいい。

いかんと思いつつも、ぼうっと見つめてしまう。

戻った季実子が、イカの寿司を頬張った。

「美味しい。ぷりぷりしてる」

「ホントですよね、ぷりっぷりでセクシー……」

ハッとした。

季実子が目をパチパチさせている。

恭介は焦って、苦笑いした。

「い、いや……イカの身ってつるつるしてて、なんかセクシーかなって……」

「ウフフ、寿司職人さんってそういう風に魚を見るのね」

感心してくれてホッとした。

（いや、まさか季実子さんのお尻がぷりぷりしてたなんて……いかんぞ。どうも今日のセクシーな格好を目にしてから、エロいことばかり考えてしまっている）

元々、色気がダダ漏れの未亡人なのだ。

気を取り直して、次は光りもののコハダを握って皿に置く。

食べながら、季実子が思い出したように言う。

「一緒にお酒が飲めればよかったのに……夜の方がよかったのかしら……ウチの子が寝た後とか」

さらりと言われて浮き足立った。

「こ、今度……ぜひ。というか、季実子さんってお酒、好きなんですか？」

「ウフフ。飲むのは好きなんだけど、すごく弱いの。すぐ酔っちゃうし……」

季実子が酔ったところを想像してみる。

かなり色っぽいだろうな。

（これって、誘っているのかな？　それにしても、今日はよく喋るな）

ふたりきりだからか、それとも自分の家だからリラックスしているのか、季実子はいつもより饒舌だった。

おかげで、今まで以上に心の距離が近づいたと感じた。

それから貝や海老、イクラやウニの軍艦、鮪へと移っていく。

最後に卵焼きを出して、

「もっと食べます？　まだたくさんあるから……」

訊くと、季実子は首を横に振った。

「もうおなかいっぱい。ホントにありがとうございます、こんな美味しいお寿司を握っていただけるなんて」

そして、どうしてもお金を払うというので、

「それなら今度ぜひ、美味しい酒の肴《さかな》を用意してください」

「いいけど、私みたいな素人《しろうと》のつくったもので、いいのかしら」

「いいに決まってます。季実子さんがつくってくれるものなら」

真面目な顔で言ってみた。

彼女は湯飲みを置いて、頬を赤らめながらも小さく頷いてくれた。

（おお、いい雰囲気じゃないかよ……）

まだ三十五歳。

子持ちとはいえ、このまま枯れるには早い、早すぎるのだ。

「酢飯とネタが余ったんで巻き寿司にしますね。そうすれば、雄助くんと一緒に食べられると思うし」

巻《ま》き簾《す》を取り出しながら言うと、季実子はまた頭を下げた。

「すみません、そこまでしていただいて……」

「いや、余らせても勿体《もったい》ないだけですから、気にしないでください」

太巻きにしようと巻き簾を広げてから、そうだ、今度雄助とも一緒にご飯を食べればいいんだと考える。

だが……。

そこまでしたら、もう完全に父親候補ではないか？

果穂の顔が頭に浮かぶ。

優柔不断だし、だめだとわかってはいるのだが、どうしても決められない。

ふたりとも魅力的すぎる。

うわの空でつくっていたからか、太巻きの形が崩れてしまう。

慌てて巻き直していると季実子が笑った。

「おかしいな……こんなになったことないのに……」

「ううん。違うんです。恭介さんの奥さんになる人は、その……幸せだろうなって、こんなに美味しいものを食べられるし」

「えっ」

ハッとして季実子を見ると、彼女も「あっ」という顔をして、ばつが悪そうに苦笑いした。

「あの……私がとか、そういうわけじゃ……」

「は、はは……」

恭介も笑う。

もどかしかった。

ここで、

《じゃあ、これから毎日食べてもらおうかな》

とでも言えればいいのだろうが、言えなかった。

(彼女はどう思っているのだろう)

自分の気持ちより先に尋ねてみたかった。

「あの……季実子さんは、再婚とか考えないんですか？」

「えっ」

季実子は戸惑い、そして左手の指輪をさすりながら、ため息をついた。

「わかりません」

そこで言葉をきって、逡巡してから続ける。

「まだ夫が死んだことを受け止めきれてないところがあって……だけど、いつまでもそうしてなんかいられないってことも……」

目尻に涙が浮かんでいる。

迷っているようだ。

今なら、押せばいけそうな気がする。

でもできなかった。

相手は人妻でも、若い子でもない。火遊びと割り切る訳にはいかないのだ。

「……そ、そうですか。あ、あのこれ、今日の夜に食べてくださいね」

巻き終えた太巻きを切りそろえて、季実子の家の皿に載せる。

「あら……大きい……」

彼女がそっと目の下を拭いながら笑う。

「美味しいですよ。雄助くんも気に入るといいけど……」
片付けを終えると、ふたりの間に微妙な空気が流れた。
シンクで手を洗ってから、持ってきた服に着替えようと季実子に声をかける。
「今日は寿司屋には寄らないので着替えたいんですが、お部屋、使わせてもらっ
てもいいですか」
「それなら隣の部屋を使って」
季実子がリビングに入り、右側のドアを開けた。
（あ、もうひと部屋あるのか）
着替えを持って後に続く。
部屋の中央にはセミダブルのベッドがあった。
（し、寝室か……）
リビングとは違う、未亡人のいい匂いがムンムンと充満していた。
「じゃあ、使わせてもらいますね」
そう言って、エプロンを外してから白衣を脱ごうとしたのだが、背後にまだ季
実子の気配を感じて脱ぐのをためらった。
（あれ、なんでまだいるんだろう？）

振り向こうとしたときだった。
いきなり季実子に抱きつかれて、恭介の心臓は止まりかけた。
「えっ！　き、季実子さん？」
固まったまま動けなかった。
彼女の腕が腰に巻きついていて、ギュッと抱きしめられたのである。
（ど、どうしたらいいんだ……これは……）
いいのか？
本当にいいのか？
彼女はまだ亡夫を忘れられない未亡人なのだ。そんな彼女を抱いたら……。
逡巡していると、彼女はそっと腕を緩めて離れていく。
「ご、ごめんなさい……」
季実子は恥ずかしそうにしながら、うつむいた。
（亡くなった旦那のことを忘れたいのか？）
新しい恋に身をやつしたいのか、それとも寂しくなっただけなのか。
季実子の気持ちがつかめなかった。
つかめないが、今の行為で恭介の気持ちに火が付いた。

(も、もうだめだ……もうどうなってもいい……この人を抱きたい……)

気がつくと、季実子を強く抱きしめていた。

「き、季実子さんっ……」

キスしようとした。

彼女はしかし、腕の中で身体を強張らせてイヤイヤしている。

「ご、ごめんなさい……私……さっきのは……ああ、違うの……違うのよ……」

身をよじって「だめ」と首を振っているものの、だ。

それはおざなりの抵抗に見える。

寂しくて男を求めているのに、心の中にはまだ亡夫がいる。

(迷っているのか……)

ならば、それを断ち切りたかった。

恭介は夢中になって季実子をベッドに押し倒すと、むしゃぶりつくように首筋にキスをした。

「ああ、だめっ……だめよっ……恭介さん……」

そう言って藻掻《もが》くものの、だ。

平手打ちしたり、突き飛ばしたりしてくるわけでもなかった。

（いける……）

恭介は手を伸ばして、ブラウス越しの胸のふくらみをつかんだ。

「あんっ……」

季実子がビクッとして、身体を大きく震わせる。

手にちょうどフィットするような、小ぶりのおっぱいをぐいぐいと揉みしだきながら、いよいよ季実子の唇を奪った。

「……ぅんんっ……！」

彼女はくぐもった声を漏らして、眉間に縦ジワを寄せる。

（ああ、ついに季実子さんと……キスを……しちまった……）

頭のネジが吹っ飛んでしまいそうだった。

彼女はまだ亡き夫を想っている未亡人である。

そんな彼女と口づけしてしまった。もう戻れない。

恭介はぬるりと舌を出して、彼女の唇を舐めた。グロスを塗った淡いピンクの唇を唾液まみれにしてしまう。

「ああん……だめっ……いやっ……」

彼女がわずかに抗《あらが》いの声を出したときだ。

薄い上品な唇に舌を差し入れて、季実子の口腔を味わった。

魚の生臭さと醤油の味がわずかにしたものの、それ以上に季実子の口の中は甘くてフルーティだ。

（なんでこんなに、口の中が甘いんだよ……）

呼気も唾も砂糖菓子のようである。神々しいほどの美人はどこもかしこも甘ったるいのに驚いた。

もう脳みそはとろけきっている。

何も考えられない。

罪悪感はあるものの、それを凌駕《りょうが》する興奮が頭の中に渦巻《うずま》いている。

「……んぅん……んんぅ……」

季実子が苦しげに悶えるのもかまわず、舌をからめとって、チューッと吸い上げてやる。

さらにだ。

「んん……んんぅ……ぅんッんん……」

季実子の身体を押さえつけて、清楚な美貌が淫らに歪んでいく様に興奮しながら、再びブラウスの上から胸のふくらみを揉みしだいた。

（ああ、柔らかい……可愛いおっぱいだな……）

たまらず、季実子のブラウスのボタンを外していくと、ベージュのフルカップのブラジャーが露わになる。

「ああ、だめっ……だめよ……恭介さん……こ、これ以上は……」

季実子が眉根を寄せて訴えてくる。

未亡人らしい地味なベージュのブラに、生々しい色香を感じた恭介は、かまわずにブラを外そうと、季実子の背中に手を回した。

そのときだ。

「だめ……私……だめなんですっ……感じないのっ」

「えっ」

手を止めて見れば、季実子の目頭に涙が浮かんでいた。

4

「私……その……夫が亡くなってから不感症のようになって……だから……」

彼女はブラウスがはだけたまま、顔を赤らめた。

「……」

意外な言葉にさすがに恭介も手を止めた。

（えっ、でも……さっき胸を揉んだらビクッとしたよな……）

不思議に思ったが、思い浮かんだことはもうひとつあった。

（不感症って、自分でわかってるってことは……）

見たところ男の影があるようには見えなかった。

今でも結婚指輪を外さないような、貞淑《ていしゅく》な未亡人である。

ということは……。

（ひ、ひとりで……ひとりで慰《なぐさ》めてるんだ……こんな清純そうな人が）

彼女が自分の指で乳房や性器をいじっている姿を想像して、身体がカアッと熱くなった。

季実子も恭介の好奇な視線を感じ、夜の行為がバレたとわかったのだろう。

耳まで赤くして、いたたまれないとばかりに顔を横にそむけて、唇を噛みしめている。

（そうか……オナニーして未亡人の火照った身体を鎮めていたわけか……）

清楚で可憐でも、彼女は三十五歳の女盛《おんなざか》りだ。

ましてや少し前まで人妻だったのだ。

急にそれがなくなってしまえば、寂しさを紛らわせたいと自慰行為にふけるのも当然ではないか。

それなのに不感症というのは、可哀想だ。

「それは、その……気持ち的なもの……なんですか？」

おそるおそる訊くと、彼女は静かに頷いた。

「多分。だって……あ、あの……結婚していたときは、ちゃんと濡れてたんですから」

消え入りそうな声で、彼女は恥ずかしい告白をする。

（不感症か……）

まさかの訴えだった。

「俺とでは、だめだってことですか……？」

彼女はつらそうに目を伏せる。

「わ、わからないんです。その……でも……いやじゃないのよ……でも恭介さんが楽しくないいんじゃないかなって……」

涙目の彼女が言う。

（ど、どうする？）

いやじゃないと言うなら、無理に抱いてしまえばいいじゃないか。

そう思うが、でも……もし彼女が何も感じなかったら……これまで築いてきた関係が崩れてしまいそうな気がするのだ。

ヤリたくてたまらない。

だが感じなかったら、きっと気まずくなる。

一歩が踏み出せない。

自信が持てない。

そんなことを考えていたとき、ふいに視界に入ったものがあった。

ベッドヘッドに電動マッサージ器があった。

こけし形の、ヘッドの部分が振動するオーソドックスなタイプである。

(えっ、まさか……あれを使って……)

と思ったのだが、隠すこともなく普通に出してあるということは、単純にマッサージ器として使用しているのではないかと思う。

恭介は手を伸ばしてマッサージ器をつかんだ。

コードレスタイプのようだ。

電源を入れるとブーンと唸って激しく振動した。

季実子は怪訝《けげん》な顔をしている。

やはり、この電マをオナニーに使うというやり方は知らないらしい。恭介も女性に使ったことはない。しかし、以前に果穂とラブホテルに入って、部屋に電マが売っているのを見たとき……ちょっと使ってみたいと思っていた。

「あの……これを使っていいですか？」

「は？」

彼女はますます不審そうな顔をする。

「リラックスですよ。身体の緊張をほぐせば……その……リラックスして感じやすくなるかなって」

「えっ……ええ？　そんなことあるんですか？」

半信半疑というよりも、何なの？　と不審がっている顔だ。

「あ、あの……まあ、とりあえず肩を……」

彼女は不安そうにしながらもベッドの上に座り、ブラウスの前を片手でかき合わせながら半身になって右肩を出した。

振動するヘッドを肩に当ててやると、彼女はくすぐったそうに身をよじる。

「ウフフ……いやんっ……ちょっと……」

「感じてるじゃないですか」

「だ、だって……人にやってもらうと……ああん……」

クスクス笑いながら前屈みになると、ブラウスの前が開いて、ベージュのブラジャーに包まれたおっぱいが見えた。

すかさずヘッドをブラウスの中に入れて、カップの隆起に当てると、

「……あっ……やんっ……ちょっと……」

季実子が顔を強張らせて、小さく声を漏らす。

「いやだわ……あんっ、エッチなイタズラはよして」

「イ、イタズラじゃないですよ」

言いながら、両手をクロスさせて胸を隠そうとする季実子の腕の隙間に、ぐいぐいと丸いヘッドを差し入れていく。

「あんっ……ねえっ……ちょっと……」

季実子が眉間にシワを寄せて真顔になった。

本当にイタズラでやっているのではないと感じ取ったらしい。

「恭介さんっ……やめて……いやっ……！」

怯えたような顔をするも、電マの振動が刺激になっているのは間違いない。

そうでなければ、こんなに怖がらないだろう。

「いやなんて言って……感じてるじゃないですか。実は電マって、こういう使い方もできるんですよ」

「ウ、ウソです。マッサージ器なんかで……へんなことしないでっ……あっ、だめっ……」

感じたとわかれば、このまま責めるしかない。

季実子を押し倒して手を押さえつけ、ブラのカップの隆起をなぞるようにブーンという振動を押し当ててやる。さらに乳房の裾野から頂点に向かってなぞり上げると、

「あっ……あっ……」

季実子がうわずった声を漏らして、ビクッ、ビクッと震えはじめた。

ブラの下にある乳首に、電マのいやらしい振動が届いたらしい。

感じてるとわかれば、やる気が出る。恭介は強引に季実子のブラカップをめくり上げた。

薄茶色の小さな乳首が顔を出した。

子どもに吸わせたのがわかる経産婦《けいさんぷ》の乳首だ。

キメ細やかな白い肌や清楚な美貌とのギャップがいやらしい乳頭部である。

その乳首に直に振動を当てていると、

「いやっ！　ああ……いやあああ……！」

季実子はビロードのような黒髪を波打たせ、首を振りたくる。

けれども首筋は朱色に染まっていた。

「いや」という言葉と裏腹に、はっきりと欲情している。間違いない。

「か、感じてるじゃないですか……」

ここまで反応するとは思わなくて、恭介も興奮してしまう。

季実子は目の下をねっとり紅潮させつつ、首を横に振る。

「ち、違うわ……違うのよ……い、いや……私、そんなマッサージ器なんかで感じてなんか……」

あくまで認めたくないと思っているようだが、しかし、電マの威力を感じているのがありありと見て取れる。

「感じてます。そうでしょう？」

ブーンと振動する電マのヘッド部分を、さらに触れるか触れないか、というぎりぎりで乳首に近づければ、

「はあああっ……ああっ……あああっ……」

と、季実子は、切なそうに身をよじりまくる。

ハアハアと色っぽく喘ぐ季実子の表情は、どこから見ても、もう淫らに乱れきっている。

（エ、エロいっ。こんなエロい表情をするのか、季実子さんって）

元が整っている顔立ちだから、眉間に縦ジワを刻んで細眉をハの字にしている表情とのギャップがひどく艶めかしかった。

不感症だと言っていたので、感じたとしても反応はひかえめだと思っていた。

それなのに、これでは欲求不満の未亡人そのものではないか……。

身体の変化もいやらしかった。

黒ずんだ乳首は小さかったはずなのに、いつしかムクムクと頭をもたげて、三十五歳の身体にため込んだ性的興奮を表すかのように、ピンピンに尖《とが》りきって硬くなっている。

「乳首だって、こんなに大きく硬くなって……」

煽りながら、恭介が季実子の乳房に顔を近づけて、チュパチュパと乳首を吸えば、

「はあんっ……違うわ。言わないで……ああんっ」

と、いよいよ甘い声を漏らして、腰をくねらせ始める。

（いいぞ、いけるぞ……）

押さえつけながら、恭介は電マを下肢《かし》の方に移動させていく。

「ひっ……」

ピンク色に染まっていた季実子の頬がひきつった。

電マが太ももに触れたのだ。

乳首であれだけ感じたのだから、下腹部を責められたら、どうなってしまうのか？　それを想像して怖がっている表情だった。

恭介は左手で太ももを撫でた。

「あっ……」

かすかに声をあげた季実子が、少し脚を広げたまま顔を横にそむける。

（もう観念したのかな……）

怖がって、いやがるかと思っていたが、季実子は恥ずかしそうにしながらも、脚を開いたままだった。

もっと触って欲しいというような未亡人の欲情を感じて、恭介は唾を呑み込んでスカートの中に手を入れ、さらにぐいと季実子の両脚を割り広げる。

「あんっ……」

季実子はイヤイヤしつつも、されるがままに脚を広げている。

柔らかな素材のスカートがめくれて、白くてムッチリした太ももが見えていた。両足をがに股のようにして恥ずかしい格好で押さえつけて、さらにスカートをめくり上げる。

「あっ……」

凄艶な美女の下肢が、ついに露わになった。

ベージュ色のパンティが、清楚な未亡人の股間を覆っている。

生活感あふれる色合いだが、臍のところに小さなリボンがあって可愛らしいパンティだった。ひかえめだがちょっとした女らしいお洒落が、清純そうな季実子によく似合っている。

(おおう……清楚な未亡人のパンモロっ……)

興奮し、見つめると、

「やっ！」

季実子はさすがにそこまでされたくないと、スカートを直そうとする。

奥ゆかしい三十五歳の未亡人が、下半身を丸出しにされてM字開脚で押さえつけられているのだから、恥ずかしいに決まっている。

もちろん、恥ずかしいならその格好をさせておきたい。

恭介は両脚を押さえつけて、スカートを直させないようにする。

（くうう、すげえ……エッチだ……）

すさまじい興奮に喉がからからだ。

開いた季実子の股間に顔を近づけるだけで、香《かぐわ》しい匂いが漂ってきた。

汗の匂いだった。

甘ったるい体臭の中にも、汗ばんだ女の匂いがした。

意外に汗かきだから、ノースリーブにしたのかもしれない。

シャワーは浴びただろうけど、電マで刺激を与えられたことで、淫らな熱気が未亡人の股ぐらに立ち籠めている。

電マを当てる前に鼻先をさらにパンティのクロッチに近づければ、発酵したチーズのような匂いがもあもあと鼻腔に襲いかかってきた。

「ああ、や、やめて……嗅がないで……そんなところの匂いっ、嗅いじゃ、いやああっ」

季実子が今までになく、暴れた。

おまんこの匂いを嗅がれるという羞恥《しゅうち》は、ガマンできないらしい。

それでも逃がさない。

清楚な美貌を歪めて、脚をばたつかせる季実子を押さえつけ、上から顔を覗き込んでやる。

「い、いい匂いですよ、季実子さんのおまんこ……いやらしくて、興奮する匂いですよ」

「ああ……そんな……」

不感症というならば恥ずかしがらせればいい。

隠そうとすればするほど、身体が感じやすくなるはずだ。

（というか、もう不感症じゃないよな、これ）

改めて、電マに感謝したい気分だった。

きっとひとりで慰めているときは感じなかったのだろう。

だから彼女は戸惑っていた。

信じられないというような顔で、頬をひきつらせて、つらそうにハアハアと喘ぎまくっている。

「どうですか？　もう感じてるんでしょ？　だからこんな匂いをさせて……」

さらに煽れば、彼女はつらそうに目を潤ませる。

いいぞ。

ここは一気に責め立てたい。

恭介は、下腹部を逃がそうとする季実子の腰に手をやって、ベージュのパンティをするすると丸めて剝き下ろしていく。

「ああっ！　だめっ……ああっ……！」

季実子は悲鳴を上げて、したたかに身をよじった。

しかし、いくら恥じらって下半身を隠そうとしても、恭介に押さえつけられているので丸出しだ。

（これが……季実子さんのおまんこか……）

食い入るように覗き込んだ。

ひかえめな繊毛の下に、肉厚の土手がある。

その中心部に、色素の沈着したワレ目が息づいている。千鶴や涼子や果穂よりも、肉ビラの黒ずみが強かった。

しかもだ。

陰毛が濃くて、ヴァギナのまわりにも生えている。

細くて折れそうなスレンダーボディなのに、尻から太ももにかけての丸太のような太さにも驚いてしまう。熟女の下半身はやっぱりエロい。

(季実子さん、こんなすました顔して……いやらしいモノを持ってたんだな)

守ってあげたい可憐な未亡人なのに、脱がせてみないとわからないものだ。

恭介は舐めるような熱い視線を、彼女のひきつった美貌と剝き出しの股間に行き来させながら、再び電マのスイッチを入れる。

「まっ、待って……」

季実子が両目を見開いた。

《そんなものをおまんこに当てられたら、私……》

怯えた表情が、そう物語っている。

「感じればいいじゃないですか。ホントは欲しいんでしょう？」

彼女は違うと首を振る。

どこが違うんだと思った。

ブラウスははだけ、スカートを腰に巻きつけている格好で、薄茶色の乳首を尖らせている未亡人が欲しくないわけがない。

「待てませんよ」

問答無用と、唸る電マをワレ目に当てると、

「あううう っ！」

季実子が目を白黒させて大きくのけぞった。

清楚な美貌は一気に乱れて、首に筋ができるほど背中をそらしている。

さらに、ちょん、ちょん、とヘッドを当ててやると、

「はあああ……くぅぅぅ……」

と、季実子は声を漏らして表情をひきつらせる。

恥じらいから欲情へと季実子の美貌が変わっていくのがはっきりわかった。

季実子の顔は、きりきりと眉根が寄り、瞳を気持ちよさげに細めていく。

そして妖しく息は弾み、股間に電マのヘッドを当てるたびに、ベッドの上で腰を跳ねさせ、両脚をぴくぴくさせていく。

さらにヘッドでこすれば、もう彼女は軽くパニック状態だ。

黒髪を振り乱してのたうち回り、爪先がキュッと丸まり、脚の痙攣が腰にも伝わって、ガクガクと震えている。

「だめっ……ああんっ……だめえっ……」

電マの威力は絶大だった。

季実子の全身が汗ばんできている。

白い素肌はピンクに染まり、全身から甘ったるい発情の匂いが強くなっていく。

「だ、だめっ……イッちゃう……そ、そんなにしたら……だめになっちゃぅぅ」

ついに彼女はすがるような目を向けてくる。

電マをワレ目に当てるたび、愛液が飛ぶくらいに濡らしているのだから、本気のアクメも近いのだろう。

「不感症じゃなくなったようですね」

ちょっと煽りがちに言うと、彼女は口惜しげに唇を噛みしめた。

だが、それも一瞬だ。

さらにもう一段強く振動させたヘッドを、ワレ目の上部にあるクリトリスに押し当てれば、

「はううう！」

今までになく、季実子は甲高い声で白い喉を突き出してのけぞった。

「そ、そこだめ……イッ、イッちゃう……イクイクイクッ……！　あ……」

だがそこで、季実子の喘ぎ声が急にぴたりとやんだ。

恭介が電マを股間から離したからだった。

5

アクメ寸前でお預けを食らわされた季実子は、呆然としたまま恭介を見て、ハアハアと息を弾ませていた。

（ここまですれば、もういいだろう）

電マを置き、ぐったりとした季実子をベッドの上で抱きしめる。

ところがだ。

彼女は拗《す》ねたように美貌をそむけて、頬をふくらませた。

（え？　あれ？）

あれほど乱れていたのに……なんだ？

不安に思いつつ季実子の顔を覗き込めば、彼女はくるりとこちらを向いて、柔らかな唇を押しつけてきた。

「んっ……んぅん……」

激しいキスだった。

真意がわからずに、それでもベロチューにふけっていると、キスをほどいた季実子が唇を尖らせる。

「どうしてイジワルしたの？」

甘えるような口調で、上目遣いに見上げてくる。

「えっ？　いや、イジワルなんて……」

「……私……イキそうだったのよ。あんな風に途中でやめて……私が不感症だって言ったのに感じたから、からかってるんでしょう」

「ち、違いますよっ」

言いながら苦笑しそうになった。

（なんて可愛いこと言うんだよ……）

改めて季実子のことが好きになった。

そんな風に拗《す》ねる彼女が、愛らしくて仕方がない。

「途中でやめたのは……その……その状態で、俺のことを欲しがってくれたらうれしいと思って」

「そんなことしなくても……私……」

季実子がズボンの股間をすりすりと手でさすってきた。

「もう恭介さんが欲しくなってるのに……」

濡れた目が迫っていた。

（いいんだな……ゴムはないけど……いいんだよな……しても……）

恭介は立ち上がって、ズボンとパンツを下ろす。

勃起しきった男根がそりかえっていた。

ちらりとそれを見た季実子は、すぐに顔をそむけたが、目の下を赤く染めたまま何も言わなかった。

（亡くなった旦那以外の男とするんです……いいんですね）

あえて「いいですか？」とは訊かなかった。

彼女も覚悟を決めているんだと思い、両足を開かせて、正常位で彼女のワレ目に切っ先をあてがい、埋め込んでいく。

本当はクンニもキスも、したいことはたくさんあった。

だけど興奮しきって、今はひとつになることしか考えられない。

「ううっ……」

季実子は目をつむりながら唇を嚙みしめる。

（くっ……）

こちらも歯を食いしばる。

入り口はかなり窮屈だった。

だが狭い部分を広げて突破すると、ちょっと力を入れるだけで、ぬるっと嵌まり込んでいく。

内部は尋常でない熱さで、ひどくぬかるんでいた。

しかもだ。

襞《ひだ》がペニスを包み込んでくる。

その心地よさを感じながら奥まで挿入すると、

「ああっ、だめっ……あんっ……ああんっ」

季実子が顔を振りたくった。

奥まで入ったのを感じたのだろう。

表情はみるみる歪んでいき、挿入の歓喜を嚙みしめるように眉間にシワを刻んで熱い喘ぎをこぼしている。

(た、たまらん……気持ちいいっ……)

もう止まらなかった。

季実子のくびれた腰をつかみ、ぱんぱん、ぱんぱんっと、音がするほどに肉棒

を出し入れすると、

「あ、あ……あんっ……はああんっ……！」

と、季実子は両足を広げた格好のまま、淫らに喘ぎ声をあげ始める。

「くうう、き、気持ちいいですよ」

まるで突けば突くほどに、肉と肉が馴染んでいくようだ。

愉悦《ゆえつ》を味わいながら、さらに激しくストロークすれば、ぐちゅ、ぐちゅ、と果肉のつぶれるような音が立ち、

「ああ、いやんっ……」

と、季実子は恥じらいの声をあげ、それがまた可愛らしいので興奮してもっと抜き差しのピッチをあげてしまう。

彼女はもはや清楚な未亡人の顔を脱ぎ捨て、牝《めす》になっていた。

相当に気持ちいいのだろう。

身をよじらせつつ、腰をぐいぐいと押しつけてくる。

乳房が目の前で揺れ弾み、身体を丸めて乳首を吸いながら、こちらも腰を押しつけてやる。

経験があるというのは強みだった。

季実子が感じる様子を見ながら、腰を回したり、前傾して当てる場所を変えたりしていくと、

「ああ……ああ……あああっ……いい、いいいっ！」

季実子は背中をそらせて絶叫した。

「ああん、だめっ……お、おかしくなるっ……おかしくなるぅぅ」

「き、季実子さんっ……」

名を呼ぶと、いよいよ季実子は耐えきれなくなったのか、恭介の首にしがみついて唇を押しつけ、舌を差し出してからめてきた。

深いキスをしながら腰を振り合った。

昂ぶる鼻息と、肉と肉のぶつかり合う乾いた音、体液の湿った音に、獣じみたセックスの匂い……。

平日の昼下がりだ。

外では主婦たちが夕飯の買い物をしたり、学校から帰る子どもたちの楽しげな声が聞こえてくる頃である。

そんな中、アパートの一室では全裸の男女が肉体を貪《むさぼ》り合《あ》っている。

（背徳感がすごいな……余計に興奮する……）

明るいところでするというのも、いいのだろう。

季実子も淫らに乱れきっていた。

今までになく激しい舌使いで、恭介の口の中をまさぐってくる。

そして、腰の動かし方がますます過激になってきた。

根元から折られてしまいそうなほど強く前後に揺さぶり、膣がもっと欲しいとばかりに締めつけてくるのだ。

「き、季実子さんっ……」

「ああん……恭介さん」

ふたりで名前を呼び合い、ギュッと抱き合いながら、腰がからみつくようにねばっこく動いてお互いを欲しがっていた。

ふたりともベッドの掛け布団の上で汗まみれだ。

平日の昼間のアパートの一室で、甘ったるい雰囲気での結合は、いやらしすぎておかしくなりそうだ。

（くううう、も、もう、たまらんっ！）

耐えがたい射精欲がこみ上げてきた。

それでも必死にガマンして、ぐりぐりと肉竿をねじ込めば、

「ああん、だめっ、そんなにしたら、私、ああん、イク……イッちゃうっ……ねえ、私、イッちゃうっ」

季実子がすがるような涙目を向けてくる。

恭介も限界だった。

ペニスの芯が甘く疼いて寒気がするくらい、ぶるぶると震えてしまう。

それでも突いた。

したたかに、季実子の奥に連打を繰り返したときだ。

「あぁッ……だめっ……ああんっ……イクッ……イッちゃぅぅ！」

季実子が腰を痙攣させながら、強くしがみついてきた。

同時に膣襞がペニスの根元を締めてくる。

「も、もう、もう出るっ！」

じゅわっ……と、いきなり熱いものが迸《ほとばし》った。

尿道から発射されていく心地よさが、腰から脳天までを貫いていき、頭が真っ白になってとろけていく。

（あぁあ……季実子さんの中に……）

中に出してしまった。

だけど後悔はない。

季実子も満足そうだった。

やがて出し尽くして、ごろりと横になる。

季実子がぴたりと寄りそってきたので、肩を抱いてやると腕に頭を乗せて腕枕で見つめてきた。

「すごく気持ちよかったわ……でも、マッサージ器をあんな風に使うなんて」

そう言って、彼女はもじもじしながら耳元に口を寄せてくる。

「……あんなのを教えられちゃったら、私……夜に使っちゃうでしょう？」

「えっ！」

彼女が目を細めて妖艶に笑う。

（やっぱこの人、エロいよな……最高だよ……）

同世代だし話も合う。性格も優しくて子どもも可愛い。

（子どもか……）

ふいに、テーブルの上に太巻きを出したままなのを思い出した。

「あっ……太巻き……」

「え……？」

彼女が顔を赤らめたので、恭介は「あっ」と思った。

下ネタじゃないと首を振る。

「いや、違うんです。テーブルの上に太巻きを出したままだったなあって……」

「ウフフ……」

彼女はまた淫靡に口角を上げてから、身体をズリ下げていき、射精したばかりの男根を愛おしそうに撫でさする。

「……こっちも美味しそうな太巻きになるかしらね……」

彼女は下品なことを口にしながら、精液のついたペニスを頬張った。

（くっ、お掃除フェラっ……）

キレイにしてくれるんだと思っていたら、フェラに熱がこもってきた。

これは二回目の催促《さいそく》かな、と思っていると、脱ぎ捨てたズボンに入っていたスマホが震えた。

手を伸ばしてスマホを取り出して画面を見る。

果穂からのＬＩＮＥ《ライン》だった。

（ああ、やばいよな……いよいよ……どっちかに決めないと両方を失ってしまう）

しかし、これでもまだ決められない。

バツイチ年上美女か。

シングルマザーの美しき未亡人か。

俺は、どっちを選ぶのがいいんだろう。

第六章　欲望の裸エプロン

朝の光がカーテンの隙間から差し込んできて、恭介は目を覚ました。

（ああ……よく寝た……）

大きく伸びをしてふいに横を見るも、すでに彼女はベッドにいなかった。

ただ残り香の甘い匂いが漂っている。

昨晩は彼女と何度セックスしたことだろう。

そのまま寝てしまったから、乾いた精液と愛液で、男根がかぴかぴになってしまっている。

（シャワーでも浴びるか……）

服を着ながら窓の外を見る。

朝から日差しが眩しかった。

もうすっかり夏本番で、エアコンがフル稼働だった。

それにしても、のどかだ。

窓の外を見ながら思う。

東京から地元に帰ってきて五ヶ月。

その間にいろいろなことがあったけれども、今では浜松に戻ってきて、本当によかったと思っている。

(あんなキレイで可愛い彼女もできたしな……)

いろいろ悩んだ末、恭介は彼女を選んだ。

彼女を選ぶ上で気になったのは、親父の介護である。

ところがだ。

結局親父は駅前のカルチャーセンターで出会った六十歳の未亡人と、再婚することになった。

そんな気があるなら最初から言ってほしかった。

じゃあ、急いで戻らなくてもよかったじゃないかと思ったけれど、やはり肉親の傍にいてやるってのは悪くなくて、父親が幸せそうな顔をしているのを見ると「けっ」と思いつつも、微笑ましいと悦んでいた。

ジャージをはいて寝室から出る。

キッチンに彼女が立っていた。

ご飯の炊きあがる匂いや、味噌汁の匂いがする。

今までは恭介が自分で朝食や夕食をつくっていた。

板前だから苦ではまったくなかったけれど、こうして人にご飯をつくってもらうというのは、この上ない喜びだ。

キッチンのシンクの前に彼女が立っていて、包丁でジャガイモの皮剝きをしている。

エプロンを身につけて、Tシャツにホットパンツというエッチな格好だ。

大きなヒップがぷりぷりと揺れているのを見ると、昨晩あんなに何度もしたというのに、また勃起してしまう。

そおっと後ろから近づき、彼女の腰をギュッと抱きしめる。

彼女が肩越しに呆れたような顔を見せてきた。

「だめっ……朝ご飯つくってるからぁ……」

いつもの甘えるような声で言われると、さらに欲情した。

「そんなの後でいいよ。だってさ、こんなにエロい尻を見ちゃったらガマンできなくなるよ」

背後からぴたりと身体をくっつけて、ジャージ越しの勃起をホットパンツの尻割れにこすりつけてやる。

「ああんっ……やめてよぉ……つくれないじゃない、恭介のエッチっ」

彼女は尻を逃がそうとするも、シンクに押しつけられているから、逃げようがなかった。

「そんなこと言って、ホントは興奮してるんだろ?」

覗き込むように彼女の胸元を見た。

相変わらず信じられないほどの爆乳だ。エプロンがこんもりと盛りあがっている。

「たまんないよ……玲奈……」

愛おしい人の名を呼びながら、玲奈のTシャツの裾から中に手を入れて、Gカップのふくらみを揉みしだく。

「ああん……エッチぃ……」

彼女がくりっとした目を細めて、見上げてくる。

ショートボブヘアの似合う二十三歳の童顔は、すっぴんでもとても可愛らしくて、若さに満ちあふれている。

そのままキスしながら、Tシャツをめくりあげる。

エプロンの下で生乳が露わになる。

起きたばかりだからノーブラだ。

「ううんっ……やんっ……」

玲奈はキスをほどき、恥じらいながら包丁を置いて胸を隠そうとするので、その手をひとまとめにして背中に回して、片手で押さえつけてやる。

（うほっ！）

横から覗けば横乳のほとんどが見えており、かろうじて乳輪をエプロンで隠しているだけの扇情的な格好になった。

これはたまらんと、さらに玲奈の背後にしゃがみ込んで、ホットパンツとパンティを足首までズリ下ろした。

くびれた腰から逆ハート型に広がる、むっちりしたヒップ。

つるんとした剝き卵のように白く、思わず頰ずりしたくなるほどの、すさまじい量感と悩ましい丸みがたまらない。

「いい格好だよ。裸エプロンってのは、男の夢なんだぞ」

尻を撫で回しながら見上げると、玲奈が、はあっ、とため息をついて見下ろしてきた。

「もうっ、おじさんなんだからぁ……ヘンタイっ」

「しょうがないだろう。おじさんはみんなスケベなんだよ」

立ち上がり、ジャージの下とパンツを下ろせば、乾ききった精液と体液のついた分身が、ぶるんとそりかえって露わになる。

「ああんっ、何するのっ」

玲奈が肩越しに真っ赤な顔で睨んでくる。

睨んでいても可愛いギャルだ。

その愛らしさに興奮しきった恭介は、玲奈をシンクに押しつけて、片手で玲奈の両手を背中で押さえつけながら、空いた方の手で尻丘にぐいぐいと指を食い込ませる。

柔らかいのに弾力がある。

極上の揉み心地だ。

「い、いやんっ……待って……お願い。キッチンでイタズラしないで。続きはベッドでしようよぉ」

同棲を始めてわかったのだが、玲奈は意外と古風だ。

きちんと朝食をつくってくれるし、キッチンはご飯をつくるところ、とわきまえている。

だからこそ、生活感あふれるキッチンですると燃えるのだ。

恭介は玲奈の尻割れの奥に指をくぐらせ、恥肉をまさぐった。

「はあッん……！」

玲奈が伸び上がり、腰をくねらせる。

「なんだ。こんなに濡れてるじゃないか」

「あんっ……だって……キッチンでこんなことされたら誰だって……」

玲奈は肩越しに、恨みがましい目を向けてくる。

玲奈の大きな瞳が濡れてきていた。

したくなってきたのだ。

ますます興奮し、さらに玲奈の膣を指でまさぐると、熱いぬめりがしとどにあふれて、朝から発情した匂いがキッチンに漂う。

この濡れ具合は、いつもよりすごい。

玲奈もキッチンでされることに興奮したのか、感じまくっている。

「たまらないよ」

恭介は指を抜き、玲奈の細腰をがっしりつかんで、尻割れの奥にグイと切っ先を押しつけた。

「ああん……だめっ……だめよ……うッ」

切っ先が膣穴の入り口を捉えた。

そのまま立ちバックで、ペニスを玲奈の中に突き入れる。

「あンっ！」

野太いモノがズブズブと入り、玲奈は大きくのけぞった。

キッチンシンクに押しつけられた玲奈は、裸エプロンという格好のままシンクの縁をつかんで、ハアハアと息を弾ませる。

「ああんっ……やあん……いきなりすごい、すごいよぉ」

猛烈なピストンをすると、すぐに玲奈はとろけてしまう。

十三歳年下でも経験豊富な彼女である。

だがこっちだって、玲奈の弱いところはもうわかっている。

最奥にある子宮を無理矢理にズンッと貫けば、

「ああぁっ……ああんっ……あぁッ……」

玲奈は甘い声を漏らして、すぐにうっとりと目を閉じる。

「乱暴にされるのが好きなんだよな」

言いながら、ぱんぱん、ぱんぱんと激しく突く。

弾力ある若い尻がぶわわん、と押し返してくるのが心地いい。同時にだ。

ぬめぬめした肉襞が亀頭にからみついてくる。

朝っぱらから、息もできないほどの気持ちよさだ。

「くうう、た、たまらないよっ」

後ろに立つ恭介は両脇からエプロンの下に両手を差し込れ、玲奈のノーブラの胸のふくらみを揉みしだいた。

「ああんっ、そんなに強く揉まれたらっ……だめっ……あンッ……」

いつ揉んでも、飽きることないおっぱいだ。

Gカップの九十八センチ。

やはり男は大きなおっぱいが好きなのである。

いろいろ考えた末、恭介が忘れられなかったのは、結局この大きなおっぱいだった。

果穂はもう再婚するつもりもなくて、八百屋の経営と農業に精を出すつもりだと切り出された。

季実子からは、保育園で知り合った男に求婚されたと相談された。

その男は会社を経営しているバツイチで、経済的には恭介よりも遥かに裕福だった。季実子のためにもそっちの方がいいと思ったので、身を引いた。

玲奈を選んだことは、間違いではなかった。

「あんっ……ねえっ……他の女のこと考えてない？」

尻を突き出しながら、玲奈が肩越しにこちらを睨んできた。

ギクッとした。

「か、考えてないよ……玲奈以外の女は眼中にないよ」

言いながら、さらに奥まで突き入れる。

この玲奈の嫉妬深さも、慣れれば可愛いものだ。

(それにしても、二十三歳のギャルと付き合うことになるなんて……)

男というものは最終的にはスケベ心に負けて、グラマーで若い子を選ぶんだよなあと、恭介は若い身体を抱きながら、しみじみと思うのであった。

※この作品は双葉文庫のために書き下ろされたもので、完全なフィクションです。

双葉文庫

さ-46-08

熟《う》れごろ人妻《ひとづま》 旬《しゅん》の味《あじ》

2023年6月17日　第1刷発行

【著者】
桜井真琴《さくらいまこと》

【発行者】
箕浦克史
【発行所】
株式会社双葉社
〒162-8540 東京都新宿区東五軒町3番28号
［電話］03-5261-4818(営業部)　03-5261-4868(編集部)
www.futabasha.co.jp(双葉社の書籍・コミックが買えます)
【印刷所】
中央精版印刷株式会社
【製本所】
中央精版印刷株式会社

【フォーマット・デザイン】
日下潤一

ISBN978-4-575-52674-5 C0193
Printed in Japan